MAR   2010

Fe en disfraz

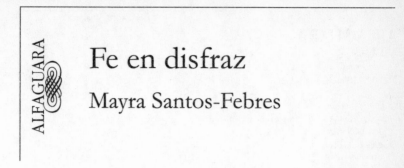

Fe en disfraz

Mayra Santos-Febres

© 2009, Mayra Santos-Febres

© de esta edición:
2009, —Santillana USA Publishing Company, Inc.
2023 N.W. 84th Ave.
Doral, FL 33122

•Aguilar, Altea, Taurus, Alfaguara, S.A de C.V.
avda. Universidad 767, Col. del Valle, México, 03100. D.F
•Distribuidora y Editora Aguilar, Altea, Taurus, Alfaguara, S.A.
Calle 80 Núm. 10-23, Bogotá, Colombia
•Santillana S.A.
Torrelaguna 60-28043, Madrid, España
•Santillana S.A.
avda. San Felipe 731, Lima, Perú
•Ediciones Santillana S.A (ROU)
Constitución 1889, 11800, Montevideo, Uruguay
•Aguilar, Altea, Taurus, Alfaguara, S.A.
Beazley 3860, 1437, Buenos Aires, Argentina
•Aguilar Chilena de Ediciones Ltda.
Dr. Aníbal Ariztía 1444, Providencia, Santiago de Chile
•Santillana de Costa Rica, S.A.
La Uruca, 100 mts. Oeste de Migración y extranjería, San José, Costa Rica

Edición: D. Lucía Fayad Sanz
Corrección: Patria B. Rivera Reyes
Modelo fotografía de cubierta: Keyla E. Negrón Díaz
Fotografía de solapa: Daniel Mordzinski
Diseño de cubierta: Michelle M. Colón Ortiz

Fe en disfraz
ISBN: 978-1-60396-936-9

Published in the United States of America
Printed in Colombia by D'vinni S.A.

Índice

A Mario Santana Ortiz, mi Otro.

*Si alguna vez me siento extasiado, seré esclavo y no preguntaré si
tuyo o de otro dueño.*
Fausto, Goethe

*En el origen del deseo está esto, el hombre que se exilia del
cosmos; cuando el cosmos ya no le dice nada, aparece el deseo.*
A. Kojéve

*Y estrechan codiciosamente
el cuerpo de su amante, mezclando aliento con saliva
con los dientes contra su boca, con los ojos
inundando sus ojos, y se abrazan
una y mil veces hasta hacerse daño.*

*Hasta tal punto ignoran dónde se oculta
la secreta herida que los corroe.*

"La herida oculta", Lucrecio

Prefacio

Es costumbre pagana, como paganos son el fuego y las fuerzas de la naturaleza. Como paganos son el sol y la luna y los calendarios que estos astros marcan.

Estoy en tierras del Norte. Un rito ocurre allá afuera. Muchos no lo saben, pero celebran el comienzo de un nuevo año, según los antiguos calendarios. Mañana será 1 de noviembre. Hoy, la gente corre disfrazada por las calles, ocultándose entre las sombras de la noche más larga del año.

Si estuviéramos en tiempo pagano, los chamanes habrían encendido el fuego sagrado, convocado a la tribu con cantos y con música. Nosotros, la tribu, procederíamos a apagar las luces de cada choza y, a oscuras, rescataríamos de lugares secretos las pieles de búfalos, gatos monteses, jabalíes. Nuestras carnes se prepararían para recoger los humores de animales sacrificados, sus esencias aún presentes en sus pelambres; en las pieles del disfraz, sus espíritus.

Por el honor de trasmutarnos en poderosas bestias, entregaríamos buena parte de nuestra caza y de nuestra cosecha. Encenderíamos la pira sagrada. Ardería en el fuego la pulpa de la fruta sin mordedura. Entre las volutas de humo, aparecerían los efímeros signos de lo que está por venir: sequías, nacimientos, los mejores meses para la caza. Los chamanes interpretarían los designios del humo y, luego, aún bajo disfraz, repartirían leños encendidos para que cada miembro de la tribu prendiera de nuevo la fogata de su hogar. Este sería el fin de la velada. Sam Hain. Víspera de Todos los Santos.

Esto sería así, si hoy fuera tiempo pagano. Pero hoy es hoy, y yo no soy el mismo. Hoy soy yo y mi disfraz, dirigiéndome hacia Fe.

Me dirijo hacia la pira del sacrificio que es Fe Verdejo. No es curioso que ofrezca mi carne a su extraño rito. Que hoy le ofrezca a Fe la carne de Martín Tirado, historiador, quien intentó descifrar, cada vez con menos éxito, los signos de esta historia de la cual quiero dejar constancia. Llevo días sin dormir, amanecido. El tiempo se ha detenido. Mi historia quedará como testimonio, por si acaso no regreso de esta Víspera de Todos los Santos.

O por si no regresa Fe Verdejo.

I

Las indicaciones de Fe son claras y hay que seguirlas al pie de la letra. Son sus condiciones para nuestro encuentro. Esta vez, me han llegado escuetas, precisas.

Debo esperar a que caiga la noche. Entonces, y solo entonces, procederé a bañarme cuidadosamente, prestando atención especial a la entrepierna, la cara y las uñas. No puedo disfrazar mi olor con colonia ni con afeites. Fe es pulcra, a Fe no le gustan los humores. No quiere que alcoholes ni ungüentos se alojen en la carne que le ofreceré esta noche.

La barba tiene que estar baja; los dientes, limpísimos y los pómulos, recién afeitados. Debo, además, despejar mis partes privadas de cualquier vello tupido.

Cae el sol. Enciendo la ducha. El agua caliente levanta vapores contra mi pecho. Me enjabono con una resbalosa pastilla de jabón antibacterial. Alcanzo la navaja toledana, la que me regaló Fe durante aquel distante viaje. La acerco a mi pubis. Afeito primero las comisuras de la ingle; después, sobre el monte enmarañado que la cubre. Paso a librar de vellos la base, halo para estirar la piel aún más. Boca de Fe llegando hasta esa piel doblemente desnuda, sensible por el roce de la navaja. Me tiembla el pulso. Me hago una minúscula cortadura. De una veta casi azul, mana copiosa la sangre. Lengua de Fe sorbiendo el líquido rojo, caliente. El cosquilleo de una incipiente erección me recorre la espalda. Entre mis piernas, mi carne usual se inclina un poco hacia el lado derecho. Bastante oscuro en la base, rosado en la punta, va de ancho a estrecho, directo y sin curvaturas, exactamente como un obelisco. Lengua de Fe recorriéndolo entero, luego, tragándoselo hasta hacerlo desaparecer dentro de su boca. Otro golpe de sangre. El obelisco se alarga. Lo masajeo. Cabecea. Agarro fuertemente su base. Froto un poco más; primero, lento; después, enjabonando la mano y pasándola por la cabeza que se torna de un color casi violeta. Subo y bajo la mano hasta que el borde de la circuncisión roza la punta. Jabón y roce me hacen cerrar los ojos. Acelero la faena. La carne oscura de Fe me hace cerrar los ojos. Del centro del pecho, se me escapa un gruñido. Mi mano se llena de un líquido viscoso que se junta, indistinguible, con la espuma del jabón.

Suspiro, derrotado, aliviado.

Afuera, hace frío, como siempre hace en estas tierras del Norte.

Llegué a Chicago a trabajar con Fe Verdejo cinco años después de que ella armara su famosa exposición de esclavas manumisas de los siglos XVII y XVIII en Latinoamérica. Con ella ya habían colaborado Álvaro Márquez y Figurado Ortiz, historiadores bastante conocidos en el campo. No abundan mujeres como Fe en esta disciplina; mujeres preparadas en Florencia, en México; con internados en el Museo de Historia Natural o en el Instituto Schomburg de Nueva York. No son muchas las estrellas académicas con su preparación y que, como

Fe, sean, a su vez, mujeres negras. Historiadores como Figurado Ortiz o como Márquez hay cientos de miles. Somos hombres de extensa preparación libresca, tan blancos como los pergaminos con los que nos rodeamos para sobrevivir nuestra inadecuada pertenencia al mundo de los vivos.

Me contrataron para hacerme cargo de los archivos electrónicos del seminario de Investigaciones Históricas del Departamento de Estudios Latinoamericanos de la Universidad de Chicago, Illinois. Mi fuerte es la restauración y preservación de documentos históricos por medio de la digitalización. También soy experto en diseñar páginas *web*, *blogs*, conferencias y dominios virtuales. Soy algo así como un investigador virtual. Hago la mismísima tarea del monje escriba, pero en tiempos cibernéticos. Recompongo (e ilustro) fragmentos del pasado. Los ofrezco al presente en tiempo hiperreal, un tiempo que pretende burlar la muerte de lo orgánico, la quietud del papel, la lentitud de los hechos.

Sin embargo, el efecto es similar. Vivo (como un monje) suspendido en el tiempo; enpalidecido por el fulgor de las pantallas de las computadoras. Vivo callado, embebido en los mudos designios de la Historia. Y ahora lo confirmo: a Fe le gustamos así, pálidos, abstraídos, con el hambre escondida del macho que no es Alfa entre los machos. Esa maldita hambre de cazador frustrado y esa curiosidad.

Me mudé a Chicago a principios de enero. Hacía un frío temible, mucho más que el que hace afuera ahora. Agnes me esperaba en el cálido San Juan. Era la mujer con la que estaba destinado a casarme. Terminaba un doctorado en Lingüística.

Su tesis versaba sobre los usos de una variación de "r" velar en las regiones montañosas de Moca y de Baní.

Conocí a Agnes durante el último año de mi bachillerato. Luego, me fui a estudiar al exterior, en la Universidad de John Hopkins. Ella partió hacia la Universidad de Sevilla a estudiar Lingüística Hispánica. Me reuní con ella en España, donde vivimos juntos durante un año. Luego, volví a Baltimore a terminar mi grado. Después, regresé brevemente a mi país. Ella también regresó a la Isla a concluir su investigación. Debía consultar unos materiales que datan de los años cincuenta y que solo están disponibles en un perdido seminario de Lingüística de la Universidad Regional del Este.

—Tú no sabes las joyas que hay allí, Martín. Pero todo el material se pierde, se lo comen los hongos, los gusanos.

Era la queja de siempre, la que me hizo, en un principio, salir del País; la que me convenció de no seguir intentando nadar contra la corriente. Se necesita dinero para preservar la Historia, mucho dinero y mucho poder.

Llegó la oferta de trabajo del seminario. Universidad de Chicago, Illinois. Amplios fondos para la investigación y preservación de documentos históricos. Tecnología de último cuño a la disposición de cualquier investigador. Suculento salario, más todos los beneficios laborales. El único problema es que debía trasladarme de inmediato y empezar a trabajar en enero. Pero la oferta era insuperable. Acepté. Me asentaría en el nuevo trabajo. Agnes terminaría su tesis. Entonces, ella se mudaría a Chicago; nos casaríamos. Compraríamos un apartamento y, quizás, hasta tendríamos un hijo; sin prisa. Así había sido desde el principio. Sin prisa, sin dolor, sin conflictos. La nuestra era una relación apacible, con amplio espacio para nuestras respectivas vocaciones intelectuales. El saber fue, por mucho tiempo, nuestra mayor y más compartida pasión.

Hyde Park, calle 55, apartamento 6c. Unidad de un solo cuarto, un baño, con sala comedor; sin balcón. A la derecha, se encuentran una mesa, un espejo, un teléfono con máquina contestadora integrada, un sofá, un televisor, un juego de comedor y libros por todas partes. Al fondo del pasillo, se halla el cuarto. Allí, solitaria, reposa mi cama junto a un pequeño escritorio, sobre el cual descansa la computadora. La pantalla muestra decenas de archivos. Bajo el que se titula *Fe*, se encontrará este recuento de los hechos.

Termino de bañarme, me seco con brío. No debe quedar ni una esquina mojada. Compruebo que mi piel alberga un tenue olor a jabón. Frente a la ducha, un botiquín sencillo guarda mis otros haberes de aseo. Con una esquina seca de la toalla, limpio de espuma, tocones y piel la navaja toledana. Busco su estuche dentro del botiquín y la guardo, brillante. Luego, encuentro la peinilla plástica de dientes finos. Me peino con cuidado, hacia atrás. Así lo pide Fe en sus indicaciones. Repito la operación tres, cuatro veces. Amplia frente con entradas. Pelo negro, lacio. Nariz ancha que, quizás, declare algún signo de mulatez. No lo sé, esa información se ha perdido en el olvido. Algunas canas brillan entre los cabellos mojados. Sin embargo, no soy viejo. Desde que era joven, esas canas han estado ahí, en mi cabeza, aunque ahora parecen haberse multiplicado.

Camino por el pasillo hacia el único cuarto del apartamento. Tan solo me cubre una toalla. Debo elegir, según lo indicado, los ropajes que vestiré para el encuentro. Coloco sobre el colchón una camisa blanca y un pantalón negro, ambos, recién planchados. Junto a la cama, la pantalla de la computadora pinta un diseño de luces moviéndose al compás de una versión electrónica de cantos tibetanos. Muevo el cursor y se hace el silencio. Aparece este archivo.

Leo. Al lado del escritorio, la puerta de espejos del armario repite mi imagen leyendo. Releo lo escrito (otra imagen). Me observo pálido, más pálido que nunca. De mi piel ha desaparecido todo indicio de color. Distante sol del Caribe. Me encuentro de una blancura vulnerable, como de animal a punto de ser degollado. No me queda más que esa blancura que es mi herida. Fe me lo ha hecho ver, la herida que habita en mi piel.

Me observo. Paro un minuto; hago estas anotaciones. Ahora tengo que hablar del disfraz de Fe. De la historia de su traje.

II

Me cuenta Fe que durante los años anteriores a la afamada exposición sobre esclavas manumisas que le ganó prestigio y fama, el seminario estuvo a punto de cerrarse. No gozaba de suficiente presupuesto. El Departamento de Estudios Latinoamericanos —y su batallón de especialistas en Antropología Social— tenía otras prioridades que no incluían la investigación histórica en tiempos coloniales. Sin embargo, presionaba a los investigadores para que le dieran algo qué presentar a posibles auspiciadores, ex alumnos ricos que quisieran donar algún dinero para sustentar la oscura misión de preparar profesionales latinos y, de paso, mantener activa aquella oscura instancia de la Universidad.

Fe Verdejo, sola, se dio a la tarea de lograr lo imposible. Decidió salvar el seminario. Comenzó a catalogar documentos, a digitalizar los que ya estaban deshaciéndose en el papel y a ponderar la posibilidad de montar una vistosa exposición histórica. Pensaba en algo así como organizar un recuento de la inmigración a la ciudad. Su montaje ilustraría quiénes fueron los primeros en llegar a estas inhóspitas tierras antes de la copiosa migración de braceros puertorriqueños y mexicanos. Fe andaba buscando una prueba que diera con asentamientos peninsulares: comerciantes españoles, marinos portugueses, gente que corroborara la herencia europea de la comunidad latina de Chicago. Eso les interesaría a los ex alumnos (latinos y *nouveaux riches*) que, de vez en cuando, rondaban el seminario. Quizás, así atraería a posibles mecenas.

Mientras ponderaba aquella empresa, dio con unos extraños documentos: declaraciones de esclavas con nombres en portugués y en español. Al principio, pensó que aquellos informes podrían ratificar la existencia de asentamientos que, quizás, dataran de los siglos XVIII o XIX. Pronto se dio cuenta de que se trataba de otra cosa.

Algunos de aquellos papeles narraban cómo esclavas manumisas de diversas regiones del Imperio lusitano y del español lograron convertirse en dueñas de hacienda. Otros tan solo recogían testimonios de "abusos", en los cuales las esclavas pedían amparo real. Encontró, además, documentos de condena por el Santo Oficio, declaraciones de tormentos y castigos. Mariana Di Moraes, Diamantina, la mulata Pascuala, los testimonios se sucedían uno tras otro. Relataban estupros y forzamientos con lujo de detalles. Su contenido sexual era particularmente violento.

Un detalle resultaba curioso: la colección no tenía nombre. No estaba fichada. Por más que lo intentó, Fe no logró encontrar trazas de quién donó al seminario semejante recopilación.

A la historiadora y museógrafa se le abrieron las puertas del cielo. Si de algo estaba segura Fe era de que en ningún otro lugar del mundo se hallaba una colección semejante. En inglés, existen miles de declaraciones de esclavos que dan su testimonio en contra de la esclavitud. Mujeres educadas que formaban parte de sociedades abolicionistas les enseñaban a leer y a escribir, recogían sus palabras y, luego, financiaban la publicación de esos testimonios para que el público conociera los terrores de la trata. Oludah Equiano, Harriet Jacobs, Mary Prince, Frederich Douglass, esclavos con nombres y apellidos, contaron el infierno de sus vidas bajo el yugo de la esclavitud. En español, por el contrario, fuera de las memorias del cubano Juan Manzano o del testimonio *Cimarrón* de Miguel Barnet, no existe ninguna narrativa de esclavos; menos aún, de esclavas. No caló la tradición puritana del "testimonio" de vida, como ejemplo de penuria y salvación.

Entonces, y como por arte de magia, en un seminario de la Universidad de Chicago aparecen documentos que el mundo historiográfico suponía inexistentes. Fe recordó los nombres de varias fundaciones que apoyarían su proyecto. Gracias a aquellos documentos, podría presentar una propuesta de investigación que tendiera puentes entre instancias interesadas en estudios de raza e identidad, en estudios de género, y en la defensa de los derechos civiles. Pidió una beca investigativa; se la otorgaron.

La doctora Verdejo decidió concentrarse en la región brasileña de Minas Gerais, en Tejuco, propiamente, y en su región de explotación de diamantes. De allí procedían los documentos más dramáticos y numerosos. Después, cubriría otros territorios. Preparó su viaje y partió. Logró dar con otros manuscritos de esclavas, libros de cuentas, actas de bautizo de los hijos que las negras les parieron a sus amos; todos blancos, todos ricos y poderosos. Consiguió permisos para transportar esos pliegos, además de otros artefactos: misales de nácar, mantillas, joyas hechas con los diamantes de Minas. Hasta pudo agenciarse algunas fotos de los descendientes de estas mujeres. Pero lo que asombró a todos fue el traje que logró exponer en el museo del seminario.

—Encontré la pista a través de una entrevista en el convento de Recogimiento de las Macaúbas. Una monja mulata y viejísima me dio la clave para dar con él.

Tirados en el suelo, yo le curaba con mi lengua un rasguño en el hombro. La sangre de Fe sabía a minerales derretidos. Acabábamos de hacer el amor.

—La monja me contó que su madre fue monja —susurró Fe— y su abuela, monja también. Aun así, nació ella, y nació su madre. Nació toda su casta. Todas monjas y putas.

«—Solo yo decidí asumir los hábitos, más por vergüenza que por fe —me dijo la monja— porque tengo un pie al otro lado del mundo, niña, y ya estoy cansada de ver gente vestida de lo que no es».

Fe me hablaba transportada, como ida; estaba hermosa. En aquellos momentos, Fe Verdejo se concretaba como la mujer más hermosa que alguna vez pisara la faz de la Tierra.

Desnuda, se apartó de mi abrazo y se acomodó en el suelo frío. Entonces, me contó cómo la monja la puso en el camino correcto.

«—Vete a la Hermandad de las Mercedes. Allí guardan los documentos de mis abuelas».

Fe se encaminó hasta la Hermandad y allí pasó semanas hurgando entre sus archivos. Se topó con más documentos de una esclava llamada Diamantina, con cartas firmadas por la Xica Da Silva (la Chica que Manda), de su puño y letra. En un ático escondido detrás de un techo falso, halló el vestido: arabescos bordados en hilo de oro, botones de madreperla, adornos dibujados en pedrería genuina. No le faltaba ni un encaje. Decidió ser arrojada; pedir permiso a las monjas para exhibir aquel tesoro en Chicago. Lo más seguro es que se negarían a su pedido, pero nada perdía con preguntar.

Para sorpresa de Fe Verdejo, las hermanas Macaúbas le concedieron llevarse el vestido. Así, sin más. No debía firmar seguros ni dejar cuantiosos depósitos. Tan solo tenía que cumplir con una condición. Las hermanas le pidieron que jamás devolviera el vestido a la Hermandad. Que se quedara con él, le buscara una mejor casa, un lugar donde pudiera sobrevivir a las liviandades humanas y a las del tiempo.

El día antes de su partida, la museógrafa regresó a solas a ese ático. Contempló por horas las amplias faldas del traje. Paseó las manos por las mangas que partían de su talle corto, bordado en oro. Contempló cómo, de las mangas, sobresalía una amplia bombacha que cerraba a la altura del codo. Dos hileras de perlas ceñían la tela alrededor del antebrazo. Un encaje de Holanda terminaba el puño en más arabescos bordados. El peplo de escote cuadrado apretaba enfrente con pasacintas de seda. Por debajo, Fe descubrió que el traje se sostenía por un complicado arnés de varilla y cuero. Las varillas estaban expuestas, su alambre corroído levantaba crestas de herrumbre filosa. Por ellas, también, Fe pasó sus manos. Las cortó el arnés. Corrió la sangre entre las palmas, por los dedos. El cuero frío se bebió el líquido rojo, gota a gota, y se tensó, como si recobrara una esencia primigenia que hacía tiempo echaba de menos.

Respondiendo a un impulso, Fe sorbió despacio el resto de su sangre. Su intención inicial era no manchar el traje. Sin embargo, se encontró disfrutando del sabor de sus rasgaduras. Tenue ardor sobre la piel, líquido pastoso y cálido. Alivio. Se alarmó y no quiso pensar en lo que hacía. Procedió a encontrar empaques que aseguraran el embalaje del traje hasta nuestro seminario.

La famosa exposición "Esclavas manumisas de Latinoamérica" abrió sus puertas la primera semana de noviembre. Pero, en la Víspera de Todos los Santos, mientras afuera el gentío se disfrazaba para ir a celebrar la fiesta que nos legaron los paganos, Fe se quedó supervisando los últimos detalles del montaje. Ya todos se habían ido, me contó aún tirada en el suelo. Comenzó a revisar el maniquí que exponía el traje de la esclava. No se pudo contener. Se desnudó, allí, a solas, en las asépticas salas del museo del seminario. Desvistió el monigote. Se deslizó dentro de las telas. Se calzó las medias caladas y las ligas. Le quedaron exactas. El arnés de correas y varillas descansó punzante sobre su piel. Lo más difícil fue ajustarse el pasacintas de seda que tejía su prisión sobre el vientre, pero lo logró. Entonces, bajo aquel disfraz, la museógrafa Fe Verdejo se tiró a la calle y no regresó al seminario hasta la madrugada, con la piel hecha un rasguño y un ardor.

Aquel fue el primer día de su rito. Aquel fue el primer día de esta historia que terminará inscrita aquí, en el pergamino de esta pantalla electrónica, de esta mi pálida piel.

III

Declaratoria ante el gobernador Alonso de Pires,
Aldea de Tejuco
Archivo Histórico de Minas Gerais
Caso: Diamantina. Condición: esclava
1785

Presenta declaración Diamantina en nombre de sus cinco hijos: Justo, Isidro, Joaquín, Fernando y Ricardo. Fueron esclavos de don Tomás de Angueira y de doña Antonia de la Granda y Balbín.

En la aldea de Tejuco era conocido el trato cruel que Diamantina recibía de su dueña, doña Antonia de la Granda y Balbín. Constaban estos excesos de injurias públicas en la plaza, a la salida de las misas; azotes, empujones, sobre todo, cuando la esclava Diamantina estaba con hijo.

Diamantina declaró haber venido anteriormente a pedir protección real ante el gobernador Alonso Pires, por los excesos cometidos por su ama. Era de edad desconocida, con tres incisiones en la mejilla derecha, posiblemente fulá, proveniente de tierras costaneras. El señor don Tomás de Angueira la compró por el costo de setecientos cincuenta reis a don Castro Torres de la Falla, quien vino a establecerse en la región, emigrado desde

Recife. En esa ocasión, declaró la esclava: "que la señora no para de injuriarme, de pegarme con un palo sobre el vientre y empujarme para ocasionarme caídas". Mostró cicatrices de golpes y carnes moradas al veedor, una vez presentada la denuncia. Diamantina pedía la venia para buscar otra casa donde servir y otro amo que la comprara con sus hijos.

El gobernador le pidió a doña Antonia que prestara declaración sobre los excesos de disciplina frente al escribidor de la aldea de Tejuco.

Doña Antonia, de cuarenta y cinco años de edad, infértil, explicó que sabía de los usos que su esposo le daba a la esclava. Que los oía refocilándose por todas partes, su esposo bufando sobre el cuerpo de la esclava y que, más de una vez, los había visto "en el acto", él pinchándole la carne, mordiéndole los pechos y ella gritando como las "callejeras de la calle, como acostumbran las que son de su clase […] las negras, personas sujetas a servidumbre, viles, de baja suerte, atrevidas y desvergonzadas [...] las criadas [...] corruptas como callejeras pues en realidad lo son, que así son estas mujeres todas y como tal se comportan". Que por las rendijas del cuarto del lavado, de los establos de las mulas, el cuarto donde hierve la melaza, ella los ha espiado, los ha visto hacer sus asquerosidades, pues no se aguantaban y, en donde quiera, su señor le brincaba encima a la esclava, poseyéndola en cualquier posición y hora del día o de la noche; a veces, dos y tres veces al día, vestidos o desnudos, en el campo, trepándosele él encima y ella aullando como una loba. Doña Antonia declara que poco le ha hecho a esta endemoniada vil, que, por ello, la ataca sin piedad, aun cuando está con hijos, y que así seguirá haciendo con la venia del Santísimo, mientras le quede fuerza en su pobre cuerpo enfermo, por los sinsabores con los que esta perra malagradecida le ha pagado el techo, la comida y el intento de llevarla por los caminos de la fe y la moral.

A los diez días de presentada esta declaración, el padre confesor don Baldomero de la Paz acompañó a doña Antonia a prestar declaraciones, en las cuales admitía sus excesos y comprendía sus deberes como casta y legal esposa del señor de Angueira.

Ante tales declaraciones, la esclava Diamantina retiró su pedido de cambio de amo.

Al cabo de un mes, doña Antonia se vio aquejada por una fulminante enfermedad. Viéndose al borde de la muerte, en su testamento estableció que: "Diamantina debía de ser vendida luego de su fallecimiento para que con este dinero se pagaran su funeral y entierro". Una vez fallecida Antonia de la Granda, su esposo alegó que, para este momento, Diamantina había compensado con su trabajo el equivalente de su valor. Con un dinero presentado por de Angueira, se cumplió lo pedido por su esposa Antonia. Luego, don Tomás les otorgó la libertad a Diamantina y a sus cinco hijos.

Esta vez, la esclava manumisa pide audiencia al gobernador Alejandro de Pires para anunciar que el señor Tomás de Angueira ha fallecido, y que el pasado mes se celebraron sus exequias y rosarios. Que ella carga en su seno el testamento que le dejara de Angueira, firmado por su puño y letra. En él declara como sus herederos universales a los cinco hijos de Diamantina. Sus bienes consisten en una hacienda de trapiche, sus anexos y un platanar, de cuya posesión y usufructo disfrutarán dichos herederos mulatos, reconocidos como hijos naturales por de Angueira en su testamento.

Diamantina presenta el testamento ante el gobernador Pires. Pide que se cumpla con las escrituras y que Justo, su hijo mayor, sea oficialmente inscrito como dueño del Trapiche La Paz, según lo dispuesto por su antiguo dueño.

IV

A primera vista, todo parece distinto. La Edad de Piedra, la Revolución industrial, la Guerra Fría. Es debajo, muy por debajo de los siglos y de las eras, que se comienza a avistar la imperturbable eternidad de lo real.

Los romanos conquistaron a los antiguos adoradores del fuego, a aquellos que, disfrazados de fieras tutelares (venado, jabalí, carne de sustento), se sentaban a escudriñar el futuro de la tribu entre los fulgores de las llamas. Entonces, se dice, todo cambió. El sacrificio de Sam Hain fue suplantado por las fiestas de Feralin, la celebración del viaje de los muertos. Los cuernos del disfraz fueron intercambiados por inversas cornucopias y por una manzana, símbolo de Pomona, diosa de las frutas y de los árboles de cosecha. La cultura de los romanos impuso la necesidad de otro disfraz. Por encima, el rito trasmutó, pero, por debajo, siguió ardiendo el fuego de los bárbaros del Norte.

Mucho distamos Fe y yo de ser paganos. Pero veneramos el tiempo y sus transcursos: las inscripciones que la Historia deja en folios, en las pieles de cuerpos hechos polvo y agua. Acaso esto sea "estudiar". Detenerse en la huella, en un "corte" en el tiempo.

Tan pronto como me incorporé al seminario, me asignaron uno de los proyectos más tediosos del nuevo plan de desarrollo. Se seleccionaban los nuevos documentos que seguirían engrosando nuestro ya reconocido archivo y biblioteca virtual. Yo me ocuparía de diseñar los nuevos enlaces electrónicos, levantar materiales audiovisuales que contextualizaran el archivo, redactar los bajantes de página que especificaran enlaces y contenidos. Es decir, que fungía de monje ilustrador, archivador y copista.

Me aburría como un mulo, armando páginas virtuales.

—No te preocupes —me consolaba Báez, un viejo de ascendencia gallega, antiguo profesor de latín, que trabajaba como investigador y traductor en el seminario.

—Ya tendrás tiempo para tus intereses particulares después de que termines con esto.

Agnes me salvó. Vino a visitarme a Chicago durante un fin de semana. Estábamos en pleno febrero, el mes más frío del año. Los vientos que provenían del lago cortaban el aire del vecindario. Sin embargo, salimos. Llevé a Agnes a Chinatown, a comer *din sums*. Caminamos por toda la avenida Wentworth hasta cruzar el Gateway. Le pedimos a un transeúnte que nos tomara una foto. Visitamos el jardín de esculturas del zodiaco chino en la plaza. Luego, tomamos el tren hasta la calle 35 y nos bajamos a curiosear por La Villita. Almorzamos en el restaurante Las Dos Guadalupanas. Agnes entró en una tiendita de artesanías y me compró una pequeña calaca del Día de los Muertos, para mi apartamento en Hyde Park.

—Este barrio me gusta. Aquí quiero vivir cuando nos mudemos juntos.

El cielo, siempre encapotado, nos venció. Acortamos nuestro paseo por La Villita y pasamos el resto de la tarde en la cama de mi apartamento, haciendo plácidamente el amor y conversando. Pedimos que nos trajeran una pizza y cenamos desnudos, bajo las sábanas, junto al calefactor.

—¿A dónde iremos mañana? —me preguntó Agnes, limpiándose el borde de la boca de salsa y queso derretido.

—Te llevaré al South Loop, a que desayunes en Bongo's, el mejor sitio de la zona. Hacen unos *pancakes* con chocolate sabrosísimos. Luego, podemos ir al Planetario o al Field Museum.

—Quiero ver el lago.

—¿Con este frío?

—De seguro, encontrarás maneras de calentarme.

Reímos, nos besamos un rato más.

Creo que a Agnes le gustó la ciudad.

El tiempo se fue volando y mi novia tuvo que regresar a Puerto Rico, a su investigación. Pero nuestros planes se concretaron. El próximo enero, estaríamos viviendo juntos en Chicago.

Marzo se me vino encima y yo no veía el fin del proyecto que me habían asignado. La digitalización de documentos se hacía interminable. Cada vez, aparecían más colecciones adquiridas por la Universidad, más papeles donados por investigadores privados, por centros investigativos de Latinoamérica entera; centros menos solventes, menos prestigiosos que el nuestro.

Me entró una inexplicable ansiedad. Comencé a llamar a Agnes dos, tres veces al día, insistiéndole que volviera a visitarme. Que se escapara de sus investigaciones otro fin de semana; yo le enviaría el pasaje de avión.

—Me tientas, Martín, pero te juro que no puedo. Al paso que voy, jamás terminaré la tesis.

Yo resoplaba mi frustración en el auricular. Bien sabía que mi desazón no era a causa de la cantidad de trabajo, ni de la soledad de otro exilio intelectual. Algo extraño me estaba pasando, algo extraño y peligroso que implicaba a Fe Verdejo, la jefa del seminario.

Para descansar los ojos de la pantalla, paraba un rato el escaneo, el *posteo* de videos, la animación de ilustraciones de protagonistas de la Historia. Entonces, los ojos se me iban para donde Fe. El fulgor de las bombillas fluorescentes rebotaba contra su piel tersa, oscura, como la de una talla. De tan oscura, a veces, no se lograba ver la definición de su rostro, que parecía hecho de una madera pulidísima. Llevaba el pelo siempre recogido en un moño apretado contra la nuca. Su carne lucía curva, apetitosa, bajo una falda de paño oscuro y una discreta camisa blanca. Blanco y negro ella toda, pupilas contra su cara, sus dientes contra sus labios, camisa contra piel. Blanco y negro era su hábito, como el de una monja. Ese fue el primer disfraz que le conocí. Disfraz de historiadora.

Fe me atraía y me intimidaba. Su prestigio como jefa de división y museógrafa se me presentaba como un reto, como un "detente" en el camino; también, como un señuelo. Ella era mi jefa. Era una mujer negra. Estábamos en Chicago; ambos éramos inmigrantes, pero profesionales, contratados por una universidad (ave fénix, lema *Crescat Scientia, Vita Excolatur*) paladina de los derechos civiles, de las leyes contra el hostigamiento sexual. No quería que se me fuera a malinterpretar.

Además, Fe Verdejo era inescrutable. Nadie sabía detalle alguno sobre su vida fuera de las paredes del seminario. Todos suponían que no la tenía.

—No pierdas tu tiempo —me advirtió Baéz una vez que me sorprendió contemplándola desde el escritorio—, debe ser tan fría como las vitrinas que ella misma monta. Todo lo que ha estudiado le mató el espíritu. Es una pena, porque todavía le quedan sus carnes de buena hembra.

Yo merodeaba, pero nunca encontré por dónde iniciar una conversación que me llevara a invitarla a algún almuerzo, a un café. Tampoco sabía si eso era lo que quería. Agnes, estaba Agnes. Yo iba a casarme con Agnes. Comencé a llamar a mi prometida por *Skycam*, para ver si su imagen, trazo más presente que la voz, me curaba de aquella extraña inclinación por Fe. Así empezaron nuestras sesiones de amor a larga distancia, de amor virtual.

—Agnes, ven este fin de semana.

—No puedo, Martín. Tengo que tabular los resultados de unas entrevistas.

—Ven a ver cómo se derrite el hielo sobre el lago.

—Envíame una foto por Internet.

—¿Es mucho lo que te pido?

—No es lo que me pides, es cuándo.

Entonces, le suplicaba que me mostrara algo, un retazo de su cuerpo por la cámara.

—Estás loco, Martín —Reía Agnes.

La cámara de su computadora *pixelaba* un pezón rosado, como de niña prepúber. Agnes reía, nerviosa. Luego, se volvía a cubrir.

—Enséñame más…

Mis manos bajaban al cierre del pantalón, se metían dentro del calzoncillo, sacando la punta hambrienta de mi obelisco.

—Martín, contrólate —Otra risa nerviosa de Agnes.

—Súbete la falda —pedía.

La cámara golosa transmitía otra imagen. Las piernas de Agnes se revelaban pálidas, larguísimas, desde la pantorrilla hasta los muslos. Mi puño seco masajeaba la base ancha, la punta dura. Yo, a mil millas, miraba a Agnes, aguantando la respiración. Agnes detenía el juego justo en la comisura de su pubis.

—Ábrete.

—No, ya está bueno.

—Ábrete, vida, por favor. Déjame ver.

—Te estás pasando.

Lo demás eran súplicas y negativas, cambios de tema y frustración. Apagaba el *Skycam*, despidiéndome de Agnes en medio de suspiros. Después, entraba a sitios pornográficos en la red, a uno en particular, especializado en mujeres negras. Pezones oscurísimos, talles cortos, piernas largas que culminaban en nalgas amplias y redondas. En mi pantalla, las imágenes de Agnes eran suplantadas por vetas rosadas que surgían de entre pelos negrísimos y ensortijados. Las chicas gritaban que las clavaran. Yo me venía como un animal sobre el teclado, transportado por sus vetas como una visión. Exhausto, me acostaba a dormir, convencido de que había sido suficiente. De que Agnes y la red me bastaban. Pero, en vez de mitigar mi hambre, aquellas sesiones me dejaban queriendo más. Me dejaban ansiando a Fe Verdejo.

No sé exactamente cuándo pasó, pero un buen día, sentí una presencia a mis espaldas. Era tarde. Solo dos o tres sombras vagaban como almas en pena por los pasillos del seminario. Volteé y allí estaba Fe como un espectro. No hizo más que un leve gesto con el mentón y comprendí. Me levanté como un autómata y la seguí pasillo abajo hasta los ascensores, pasando los baños, entrando hasta la salita donde el personal toma sus cafés o almuerza a sus horas habituales. Fe sirvió dos tazas de café humeante. Yo recibí la mía como presa de un reflejo.

—A ver si me haces un favor, Tirado. ¿O puedo llamarte Martín? Así te llamas, ¿verdad? Martín….

Pronunció cada sílaba lentamente. Mi nombre se hizo carne entre sus labios. Fe continuó:

—Necesito que leas algo. Es un artículo que debo enviar a una conferencia en Salzburgo. Lo he revisado tantas veces que ya no puedo reconocer mis errores.

Fe bebió de su taza. No la oía. Solo podía observar el movimiento de sus labios ligeramente humedecidos por el café.

—Te paso el archivo por *email*, para que lo mires cuando tengas tiempo.

—Mejor envíamelo a esta dirección.

Le garabateé mi correo personal en un papel. Me acerqué para dárselo. Ella tomó la nota y me miró de soslayo. No sé si era tímida aquella mirada; no sé si, provocadora.

—¿Vienes? —me preguntó Fe.

—Aún no termino mi café.

—Debo volver a mi artículo.

—Yo ya no doy más, estoy quemado…

—Pues vete, que es tarde ya. Deben estar esperándote en casa.

—Vivo solo.

—Mal de historiador.

Y se fue. Fe Verdejo desapareció por los pasillos del seminario.

V

Registro Histórico del Valle de Matina, Costa Rica
Papeles del gobernador Diego de la Haya
Caso: María y Petrona. Condición: esclavas
1719

Era el año de 1719, cuando María y Petrona, ambas de casta lucumí, declaraban ante el gobernador Diego de la Haya Fernández que hacía ya más de diez años que habían llegado a la provincia de Costa Rica en dos barcos grandes de ingleses, que las llevaron a tierra en unas canoas de los mismos navíos. Todos sus compañeros de viaje, viendo que los dos barcos habían encallado, y estando con hambre y no teniendo qué comer, se fueron al monte huyendo de los ingleses.

María y Petrona se quedaron en la playa. Caminaron por la costa, en busca de algún poblado. Fue allí donde se encontraron con el sargento mayor Juan Francisco de Ibarra, quien las trajo al valle de Matina.

Las mujeres relatan que fueron cercadas por Ibarra con otros seis gendarmes. Que todos aquellos soldados las forzaron repetidas veces.

"El primer día —cuenta Petrona— tres gendarmes entraron en María, uno por delante y otro por detrás, mientras otro le ponía su vergüenza en la boca hasta casi ahogarla. A mí me sujetaron dos y me hicieron mirar lo que hacían. Uno me tenía de las greñas y me forzaba a tomarlo con mi boca. Los otros dos tomaban turnos para entrar en mis naturas".

"Los siguientes días nos usaron para sosegarse, mientras competían entre sí, midiendo sus virilidades y haciendo luchas a cuerpo desnudo entre ellos. Estaban como poseídos. No paraban de aullar ni de montársenos encima".

"El último día se nos echaron indiscriminadamente. Uno, por delante; otro, nos metía su miembro de manera *contranatura* y otro nos tocaba entre las piernas, hasta que todos quedaron saciados".

Cuentan las esclavas que estuvieron cuatro días en la costa, bajo la sumisión de Ibarra. De allí, fueron llevadas a una casa en el monte y, después, a Bagaces, donde Ibarra las vendió a doña Cecilia Vázquez de Coronado, esposa del sargento mayor Salvador Suárez de Lugo, quienes eran los dueños de la hacienda nombrada Tenorio.

De dichas violaciones, resultó el que Petrona fuera vendida con hijo en el vientre. Luego, fue separada de la criatura que ya contaba con nueve años de edad. Se presentó ante el Gobernador porque ha trabajado todos estos años para liberarlo y cuando fue a presentar la suma acordada, doña Cecilia Vázquez de Coronado la había fijado más alta para impedir la liberación de su hijo. Que se acoge a la piedad del Gobernador y a su amparo real.

VI

Esa noche, tan pronto llegué a casa, encendí la computadora y leí lo que me enviaba la historiadora Fe Verdejo. Sabía que mi jefa era diligente, que no me haría esperar. No me equivoqué.

Llevé el cursor hasta el botón de *download*. Lentamente, varios archivos electrónicos aparecieron en mi pantalla. Abrí el primero. Leí; sentí un leve cosquilleo. Los recuentos narrados se colaron por mis ojos hasta encandilarme. Sin darme cuenta, una de mis manos se deslizó y terminó por posarse encima de un muslo, cerca del cierre del pantalón. Pasé a un segundo documento. Más vibraciones sobre el cuerpo. Me detuve en el tercero.

El archivo decía: "Nacida en 1731 ó 1735, no se conoce la fecha exacta. Hija de María da Costa, negra esclava, y Caetano de Sá, portugués […], esclava del médico del Arraial de Tejuco, don Manuel de Pires, quien la tomó como amante siendo ella apenas una niña de once años".

Con una mano moví el cursor, siguiendo la lectura. La otra mano, caníbal, se posó sobre el pantalón. Mi carne brincó al contacto. No quise percatarme de lo que hacía.

"Don Manuel confesó al reverendo vicario que sus excesos eran varios y que buscaba consejo y ayuda. Que tenía otras negrillas como la niña esclava, de no más de trece años de edad, a quienes ponía en fila para que lo bañaran, entrándolas en la tina una a una hasta poseerlas a todas. Que las obligaba a besarse entre ellas, a tocarse entre las piernas, y a ofrecerle sus cuerpos en posiciones contra la venia, una encima de la otra, penetrándolas por delante y por detrás a la vez. Que había mañanas en que les bebía 'el zumo que algunas emanaban de entre sus tajos como un elixir ', y que pasaba el día en ello, ya a punto de perder el quicio. Que su oficio como médico se había afectado mucho por esas acciones de concupiscencia y que temía ser presa del Maligno".

"Por su exageración, Pires recibió una reprimenda de la Iglesia, de manos del Reverendo Vicario, quien lo obligó a someterse a su tutela, a una alta donación para las obras de la Vicaría y a un retiro conventual, donde debía flagelarse cada vez que lo asaltasen deseos innobles".

"Cuando llegó el joven Joaõ Fernandez de Oliveira a hacerse cargo de la mina de su padre en Arraial de Tejuco, el médico le vendió a su concubina por ochocientos reis. La chica pasó, entonces, a ser amante de su nuevo dueño".

Acabé de leer el documento. Mi piel se encandiló entera. Traté de aplacarla tocándome como siempre. Fue, entonces, que descubrí el documento adjunto. Aparecía al final en PDF. Abrí la imagen. Era una fotografía en detalle del disfraz de Fe; es decir, del traje de Xica, el reencontrado.

Miré el traje, miré la piel, miré a la niña corrompida. La imagen de su rasgadura más escondida, húmeda y rosada, se me presentó ante los ojos como una visión. No puede sostenerla. Mi mano se movió veloz. Cerré los ojos.

Me vacié sobre el escritorio de mi computadora, soltando un bramido.

VII

A partir de aquella noche, Agnes comenzó a desdibujarse en mi memoria. No volví a llamarla por *Skycam*. De vez en cuando, contestaba sus llamadas telefónicas. Oía en silencio el avance de sus investigaciones. Le contestaba con monosílabos, con frases estándar: "sí", "mira qué bien", "falta poco para que termines". En cambio, me hice experto en Fe. Memoricé sus movimientos y costumbres, estudié sus horarios. Utilicé cada minuto libre para aprendérmela completa.

Aprendí, por ejemplo, que entraba a las nueve en punto todas las mañanas. No llegaba tarde ni en las horas del tapón, tiempo de lluvia, granizo o nieve. Debía, por lo tanto, vivir cerca del campus, en el *south end*, o escuchar religiosamente los informes del tránsito automovilístico. Trabajaba diariamente hasta las diez y media. Después, tomaba su desayuno, siempre acompañada de una taza de café negro, sin azúcar. La vi engullir frutas, un trozo de queso, alguna lasca de pan. Controlaba su apetito, así mantenía la figura apretada y dura, no empece al trabajo sedentario. La supuse, entonces, corredora en las mañanas, de esas mujeres que amanecen en los gimnasios, tomando clases tempraneras de yoga, o de *kickboxing*. Sus músculos largos se prensaban bajo los ropajes poco llamativos de su usual indumentaria. Siempre vestía blusa clara, falda oscura —gris, marrón, negra—. Alisaba su pelo crespo hasta hacerse un moño enrollado en la nuca. No llevaba maquillaje ni se pintaba las uñas. Siempre usaba zapatos de piel genuina, cerrados, que nunca exponían los dedos de sus pies. No olía a perfume, sino a ella. El suyo era un extraño aroma, mezcla de café con humores de madera dulce, como emanados de la corteza de algún árbol de resinas. Sus labios carnosos se le resecaban con frecuencia. Cada dos o tres horas, sacaba un pomito de ungüento traslúcido que se aplicaba con el dedo; primero, sobre el labio inferior; luego, en el superior. Después, los juntaba. Con el dedo anular corregía cualquier imperfección. A veces, pasaba la lengua por ellos y se los mordía un poco.

Elegante y sobria, me volvía loco verla sentarse en su silla de escritorio, alisando la falda primero, pasándose suavemente las manos por las nalgas. Luego, ajustaba la altura de la silla y la empujaba con los pies hasta acercarse a la pantalla de la computadora. Rotaba el cuello una, dos veces para cada lado. Esta operación la repetía hasta cuatro veces en lo que llegaba la hora del almuerzo.

Fe no almorzaba sino hasta las dos de la tarde. Costumbre europea, quizás adquirida durante su estancia como interna en el Museo Medicci, en Florencia. ¿Que cómo sé este dato? Me metí en los archivos del seminario con la excusa de poner al día la información electrónica, y accedí al currículum de la historiadora. Impresionante: una beca Guggenheim, otra del Centro Wilson, de la IASSCS. Hace cuatro años, recibió una Fullbright para profundizar sus investigaciones en las Antillas, Europa y el Brasil. La lista de sus conferencias y reconocimientos es demasiado larga para nombrarla en este relato. Además, son otros los actos que me interesa desentrañar.

La estudié entera, sin tocarla. Ese era el rito al que me convocaba su presencia. Después, escondido e imperceptible, como solo sabemos serlo los historiadores, la leía, desdoblada bajo los nombres de sus ancestros femeninos escogidos —Xica, Petrona, Mariana—.

Todas, Fe, y yo, esclavo de sus esclavas y de mi deseo.

Con la excusa de ayudarla a profundizar en su artículo de Salzburgo, le pedí que me dejara ver la suma completa de sus archivos investigativos. Quizás, más que servirle de editor, yo podría armarle una presentación electrónica con imágenes en movimiento y enlaces a otros sitios en la red.

Cada noche, Fe me enviaba nuevos archivos por correo electrónico. Cada noche, me disponía a trabajar, pero, igualmente, cada noche, se levantaba la fiera. No sé cómo yo, Martín Tirado, me trasmutaba en ese terrible ser de colmillos expuestos, de mano agitadora de cursores y de carnes pudendas. Abría y cerraba archivos en PDF. Ellos guardaban imágenes de haciendas, vestidos, personajes de la época. Me ponía a leer recuentos de esclavas, sus desventuras a manos de amos disolutos. Respondía mi obelisco henchido ante el relato de sus carnes, recibiendo azotes, abultándose bajo los cueros del castigo. Entonces, como en medio de una revelación, veía a las esclavas siendo poseídas por dedos, lenguas, vergas metidas entre sus piernas abiertas, tiznadas apenas por un brillo de humedad sobre un rosa profundo. Tiradas entre un montón de paja, dejaban entrar el cuerpo del amo o el del capataz, hasta que ardían ella, él, ellos, el asco y el deseo, la repulsión, el odio y un gemir, todo unido.

Me dividía en dos: uno era el que leía y sentía aquella vergonzosa hambre. Otro Martín, insumiso, se mantenía a raya. Era él quien recordaba datos que había leído antes sin prestarles demasiada atención; historias de mujeres infames, poco conocidas, casi nunca nombradas —Malitzin, la traidora; Saatjee, la Virgen Hottentote; Kittihawa, la india que le parió a Du Sable sus primeros hijos—. Ante los ojos de ese Martín Tirado (quién sabe si yo), aparecían centenares de indias, negras y mulatas paridoras de hipogrifos mestizos, abiertas desde sus carnes más secretas, exponiendo la flor de su tormento.

Ese Martín es quien hoy me hace comprender: la Historia está llena de mujeres anónimas que lograron sobrevivir al deseo del amo desplegándose ante su mirada. Pero nunca se abrieron completas. De alguna forma, lograron sostener un juego doloroso con lo Oculto. ¿Cómo hicieron que la piel se ofreciera sin traicionar lo que tenía que permanecer escondido? ¿Cómo hacer ahora para que esa piel cuente la verdadera historia de estos seres que accedieron a la esfera limitadísima de su libertad, a cambio de un asco disfrazado de ardor, de una violencia hecha devoración sagrada?

Leí cada uno de esos archivos y me dispuse a preparar una presentación ilustrada, con enlaces y una animación corta, para *postearlas* en un sitio de alta resolución que, a mil millas de distancia en el tiempo y en el espacio, se abriera desde el servidor del seminario. Caras de terror en las negrillas, ojos desquiciados en sus amos. *Fade to black* justo antes de la devoración.

Esta fue mi primera ofrenda a Fe. Esperaba ansioso el momento de mostrársela.

VIII

Papeles de la Villa de Mompox, Cartagena de Indias,
Archivo Histórico de la Nueva Granada y
del gobernador Francisco del Valle
Caso: Ana María. Condición: esclava
1743

Ana María, mulata de doce años, se presentó ante el gobernador del Valle, bañada en sangre, que provenía de varias heridas, que —dice— le hizo en la cabeza don Manuel Joseph García, sobrino de Manuela Sancho (su ama), por orden de esta, sin haberle dado motivo para ello. Vino a acogerse al amparo real.

"García me dio un pescozón por el rezongo que traía. Por este motivo, le contesté que les pegase a sus criados y a sus esclavos, pero que yo no era su esclava. García me volvió a golpear, pero esta vez, tomó un zapato de mujer y, con el tacón, me dio muchos golpes en la cabeza y me hirió en varias partes, mientras mi ama, doña Manuela, miraba y se reía", aseguró la niña.

El gobernador del Valle le preguntó a Ana María si era cierto que se retrasaba a propósito. Ana María le contestó que la causa de su lentitud se debía a que la noche anterior el sobrino de su ama había cohabitado con ella en las escaleras traseras de la hacienda, forzándola por medios varios. Que le había tocado los pechos, las entrepiernas, de espaldas a la escalera, y que, luego, entró en ella teniéndola parada y sin poder moverse. Que, luego que vio que le bajaba sangre, la hizo virar de frente, y que por allí dispuso de ella hasta que terminó su faena. Ana María le enseñó al gobernador sus carnes llenas de astillas y de raspaduras.

Doña Manuela Sancho dijo que la declaración de la esclavilla Ana María era pura calumnia y que su sobrino, siendo novicio de la orden jesuita de Cartagena, era incapaz de tal acción. Que ya haría ella decir la verdad a su esclava. Tomando un chirrión en la mano, dijo: "este lo he de empapelar para pelar a esa perra zamba […]".

El gobernador del Valle acogió a la esclavilla en amparo real hasta que encontrara nuevo amo.

IX

A este último archivo le sucedieron muchas noches con el monitor encendido. Fe me mantenía aterido, a la expectativa. Cotejaba cada noche mis cuentas de correo, la personal y la del seminario. Usaba cada momento libre para trabajar en la presentación o para pasearme por los pasillos aledaños al escritorio de mi jefa. Fe no se dignó a regalarme ni una mirada esquiva.

Tuve que esperar una semana entera. Hacia el viernes, Fe se apareció a la hora de mi café. La sentí entrar en el comedor del seminario, pero no levanté los ojos. Miré fijamente mi brebaje, aguantando las ganas. Mi jefa se recostó del mostrador de la cocina.

—¿Recibiste mis archivos?

—Los recibí completos.

—Perdona la tardanza en comunicarme. Quería darte tiempo; que te surgieran ideas.

Alcé la mirada para tragármela completa; que me viera el hambre. Fe no apartó la suya.

—¿En qué piensas?

Medí mi momento.

—Quizás sea bueno armar algo con movimiento: un hipertexto con animación y música de Liszt o, quizás, música de cámara. He encontrado información visual de Tejuco, de Villa Mompox, del Valle de Matina. Hasta he dado con fotos de los amos del lugar. Pero faltan imágenes de las esclavas, algo que muestre rostros, características precisas.

—Solo se retrataban esclavas para propósitos de venta o cuando cometían algún crimen. También, se sacaban algunas fotos pornográficas. Pero eso empezó a hacerse a partir del siglo XIX. Todos mis documentos son anteriores. Solo tengo algunos *intaglios* que retratan costumbres de la época. También, te envié fotografías del traje de la exposición.

—Esas ya la vi. Pero, insisto, sería un éxito si se pudiera encontrar algún dibujo de las mujeres, algún grabado, algo que las retrate en detalle.

—Esas imágenes no existen. Te puedo enviar testimonios que describen a alguna que otra esclava. Los encuentro poco convincentes.

—¿Por qué?

—Están llenas de prejuicios, carecen de objetividad.

—Intentan practicarla.

—Sí, pero las palabras son elusivas. Mejor es ver, tocar.

Entonces, mi jefa me rozó el hombro. Fue un roce apenas, al descuido. Me asaltó un hambre incomprensible. Quise morder a Fe Verdejo, allí mismo, en el salón para meriendas de los empleados del seminario. Quise echármela a la boca, chuparla violentamente; descoyuntarla a empellones. Pero me tranquilicé. Carraspeé profundo, bajé los ojos.

—De todas formas, quiero ver. Los conferenciantes de Salzburgo también querrán.

—No creo que sea difícil ilustrar el portal.

—¿A quiénes se habrían parecido esas mujeres?

—¿No es obvio, Martín? Se parecían a mí.

Me quedé mirando a Fe, en silencio. Curiosamente, nunca antes me había detenido a pensar que sus esclavas se le parecieran. Que ella, presente y ante mí, tuviera la misma tez, el mismo cuerpo que una esclava agredida hace más de doscientos años. Que el objeto de su estudio estuviera tan cerca de su piel.

Cuando reaccioné, Fe ya caminaba marchándose del merendero. No la quise seguir. Dejé que la puerta se cerrara a sus espaldas.

X

Se acercaba a paso agigantado el 31 de octubre. Dentro de una semana, Fe saldría para su conferencia en Salzburgo. Debía terminar la presentación multimedios que me había ofrecido a componerle. Me amanecí las noches enteras del 28, el 29 y el 30. Fe me invitó a su casa el 31, a que le presentara los resultados de mi afán.

Ya estaba todo dispuesto para su viaje. Quizás, mi presentación ayudara a conseguir nuevas asignaciones de exposición para el seminario, me escribió en su mensaje por Internet. Quería cotejarlo todo, corregir lo errado, cuando aún quedaba tiempo. Recibí su invitación: "Si no tienes nada que hacer esta Noche de Brujas, podemos reunirnos. Fe".

Algo me decía que su invitación respondía a otra cosa, que lo de Salzburgo era un pretexto. Pero dudaba. Aun así, acudí a la cita. En las calles frías de Chicago, todos andaban de fiesta. Halloween. Sam Hain. Caminé por Ellis Avenue. Le pasé por delante al teatro de la Universidad, donde montaban una representación de *El retrato de Dorian Grey* y los miembros de la Reinassance Society presentaban un *performance* para recaudar fondos. Harpers Court estaba lleno de estudiantes disfrazados. Los restaurantes bullían a capacidad. Caminé entre la muchedumbre, cabizbajo, hasta la boca del tren. Pasó el metro rugiendo sobre sus vías de acero.

Me bajé en la parada de la calle 18. La Villita estaba de fiesta. Guirnaldas de papel adornaban cada fachada de comercio. Las reposterías mexicanas se desbordaban de panes rosados, rojos y verdes, y de dulces en forma de calaveras. Calaveras vestidas de señoras de bien, de médicos, de niños juguetones. La muerte azucarada se ofrecía como comida sustentadora. Un altar de la Guadalupe refulgía contra la noche, todo brillo de serpentinas y veladoras encendidas. "Aquí quiero vivir cuando nos mudemos juntos". Recordé la voz de Agnes la tarde que paseamos por Little Village. Sacudí la cabeza, intentando aquietar ese fantasma. A la altura de la calle 26, un gentío entraba y salía de las discotecas. Doblé por Kedzie, crucé dos cuadras y llegué al apartamento de Fe (Holman #68; allí deberán procurarme si se desconoce mi paradero a partir de este momento). Estaba dispuesto a trabajar, a conversar y, luego, a partir hacia mi casa a dormir solo.

Toqué el timbre y esperé. Fe abrió la puerta de su apartamento. Yo puse mi *laptop* encima de la primera mesa que encontré y comencé a buscar un tomacorriente. Sentí la mirada de mi jefa reposar llameante sobre mis hombros. Fue un error contestársela mirándola directo a los ojos. La tuve que besar.

Ni cuenta me di de cómo terminé semidesnudo y tirado en medio del piso de la sala. Ella tampoco estaba del todo vestida. Fe me besaba, me lamía por todas partes. Yo agarraba la carne que podía. En plena contienda, la historiadora logró zafarse de mis dedos, me tomó de la mano y me condujo por un pasillo hasta un salón contiguo. Pensé que me llevaba a su habitación. Pero no. Abrió las puertas de un cuarto blanco, desprovisto de todo mueble. Una silla solitaria decoraba la estancia. Aquello era más bien un diván.

A los pies del mueble, descansaba una caja grande, acolchada con papeles. Fe me condujo hasta la silla. Me sentó, dio unos cuantos pasos hacia atrás. Se quitó lo que quedaba de su impecable camisa blanca y de su falda oscura. No llevaba nada de ropa interior. Sacó de la caja un manojo de sedas y de cintas. Lo tiró en el suelo. Luego, un ruido como de cadenas avisó la aparición de un arnés de varillas y de cuero. Fe alzó el arnés frente a mis ojos. Pude ver el metal corroído y expuesto. Acomodó el semicírculo de metal en el aire. Luego, llevó el arnés hasta su minúscula cintura, suspirando.

Con una mano, Fe apretó las correas del arnés contra su carne. Frunció el ceño. Su piel se arrugó contra las bandas, mudando de color, enrojeciéndose. Un golpe de sangre hirvió entre mis piernas. Fe apretó aún más el arnés y echó un poco la cabeza hacia atrás, mordiéndose los labios. Las varillas se hundieron en su carne. Asomaron los primeros abultamientos, las primeras gotas de sangre. Fe dio un paso y el arnés bailó contra la carne expuesta, hiriéndola aún más. Entonces, mi jefa procedió a vestirse con el traje amarillo de seda. No necesitó mi ayuda para atarse el pasacintas, para terminar de abotonarse el antebrazo. Se cubrió entera. Acto seguido, se puso a gatas. Empezó a lamerme los pies, luego, las pantorrillas, las rodillas, los muslos, las entrepiernas. Yo, preso del rito, no hacía más que jadear, sabiendo que, con cada caricia, la piel de Fe recibía un mordisco del arnés, que levantaba en una nueva herida. En aquella sala vacía y con aquel extraño traje puesto, Fe Verdejo pagaba en sangre el placer de darme placer. No pude contenerme. Me vacié en su boca, como una ofrenda.

Luego, hablamos un rato. Más bien, habló ella. Yo me limité a lamerle las heridas.

XI

Debo admitir que, después de aquel primer encuentro del 31 de octubre, intenté evadir a Fe Verdejo. Su sumisión me levantó un dragón por dentro. No pude evitar preguntarme si ese dragón era yo, si el de mentira era el otro Martín Tirado.

No quise ponerme de nuevo en situación semejante. No quise, además, recordar el temor difuso con que me fui de la casa de Fe. Me alejé cabizbajo por las calles de La Villa, vigilando figuras entre las sombras. Sentí miedo y vergüenza. Había sido yo el penetrado, el desnudo. Yo, el venido. Los ojos de Fe, su silencio después de que me contara del traje, me lo hicieron saber. Mientras me vestía en el salón de nuestro encuentro, aquel silencio me obligó a escapar.

Agnes me ayudó. Siguió llamándome, insistente, disciplinada. Le respondí. Le pedí disculpas por haberla desatendido. Le conté que al proyecto de digitalización del seminario le sucedieron otros trabajos que ocuparon cada minuto de mi tiempo. La abacoré de excusas y mentiras.

—No te preocupes, Martín. Yo sé cómo es esto. A veces, el trabajo absorbe tanto que uno se olvida de todo. ¿Vas a venir durante las vacaciones de Navidad?

Le prometí que lo haría, aunque no podía ser por mucho tiempo.

—Además, esta separación se acaba pronto. Ya en enero estarás aquí conmigo —añadí.

—De eso tenemos que hablar. Han surgido problemas con mi investigación; mi consejero de tesis pide argumentos más contundentes, fuentes primarias…

Agnes se perdió en explicaciones que no quise oír; algo acerca de resultados investigativos que quedaban un poco en el aire. Que, tal vez, sería bueno aplazar la fecha de su mudanza a Chicago. Extrañamente, no me importó nada de eso. Solo quería tomar un avión, aterrizar en sus brazos; en su pecho pequeño y ciego. Solo quería escapar. Supuse que volver donde Agnes me daría fuerzas para evadir a mi jefa durante el tiempo que fuera necesario. Que Agnes me serviría de trinchera.

Fui un ingenuo.

XII

Libro de Consultas del Colegio Jesuita San Francisco Javier de
Mérida, Venezuela
Caso: mulata Pascuala. Condición: esclava
1645

Sentenciada en causa y veredicto del Santo Oficio por
yerbatera, curandera y bruja, la mulata Pascuala fue enviada a la
cárcel del castillo de la Barra en Maracaibo a trabajar, encadenada,
para evitar su inminente fuga. En la provincia de Mérida, eran
muy conocidas sus artes de curandería y yerbatería, siendo,
incluso, visitada por damas y demás gentes de la alta sociedad
criolla. La querella contra la mulata Pascuala fue presentada por
don Manuel Pérez y Piñón, haciéndose acompañar por su hijo,
de igual nombre, y por su confesor, el padre Ramón Hoya y
Ramírez, jesuita.

Don Manuel Pérez, de diecisiete años, hijo del hacendado
del mismo nombre y vecino de Mérida, confesó no poder estar
ni de día ni de noche sin pensar en la mulata Pascuala, a quien
su madre fue a ver para que le recetara unos polvos para su
decaimiento. Don Manuel los tomó. Dice que, entonces, sintió
"un azogue en todo el cuerpo, como si, por dentro, le quemara

la imagen viva de la mulata que, con las piernas al descubierto, lo llamaba para seducirlo".

Esa misma noche, en un sopor, emprendió el camino hacia el bohío de la mulata. Sin que él tocara su puerta, ella abrió, confesándole que estaba esperándolo. El joven la poseyó la noche entera, cosa inusual, pues, admite el mancebo que llevaba meses en cama con un decaimiento melancólico, que hizo que su madre, desesperada, acogiera los consejos de la hechicera. Declara el joven que "la tomaba casi siempre por detrás, asiéndome a sus grupas y entrando en contra de la natura". Que terminaba el acto fuera de sí, enardecido por una fuerza que nunca recuerda haber poseído antes. Que la sangre le picaba en las venas, que su simiente se derramaba copiosa por todas partes como si algún íncubo lo poseyera en esos momentos.

Así estuvo durante muchos meses, hasta que la mulata Pascuala le anunció que esperaba cría de sus apareamientos.

El padre don Miguel Fuencarral del Santo Oficio dirigió el suplicio y purificación de la mulata Pascuala.

Se la introdujo, desnuda y de cabeza, a unos baños de agua fría que calmaron sus efluvios. Se le aplicaron tizones calientes a los pechos, se apretaron sus pezones con tenazas y se le introdujo un fierro por entre las piernas que comprobó sus contubernios con Lucifer.

Aunque no presentaba signos de preñez ni de parición, de sus senos manaba una leche muy dulce, como pudieron comprobar los testigos miembros del Santo Oficio. También, de entre sus piernas, salía una fragancia que hizo a más de uno desvariar y abandonar la celda de los Oficios para recuperarse. Declaran algunos que solo se recobraron flagelándose las carnes.

La mulata Pascuala confesó después de varias horas de suplicio. Admitió que propinaba sus polvos a mancebos decaídos para poder cosechar sus jugos en la boca o entre sus piernas y, con ellos, destilar pociones de fertilidad para su variada clientela. Que pedía clemencia divina. Mostró signos de genuina contrición.

Por sus artes de yerbería y los efluvios embrujadores de su cuerpo, el Santo Oficio aconseja precaución en el trato diario con la mulata Pascuala. Los oficiales del castillo de Barra quedan advertidos de guardar precavida distancia.

XIII

Estuve siete días en la Isla durante las vacaciones de invierno, con Agnes, disfrutando del sol. Fuera de una rápida visita a sus padres, que viven en un suburbio de la capital, pasamos el tiempo restante en San Germán, mi pueblo. El tiempo no pasa por allí. El verde de las montañas se traga la sucesión de horas, el agite que reina en las ciudades. La plaza siempre duerme desierta en el tope de una loma. El sol del mediodía retumba contra la piedra expuesta de Porta Coeli, una de las capillas más viejas de las Américas. Agnes y yo no teníamos nada qué hacer. Íbamos al boticario, a la plaza del mercado. Nos mecíamos en hamacas colgadas del árbol de mangó del patio de la casa de mi madre. Abrumados por tanto descanso, decidimos visitar las playas del Oeste, en Cabo Rojo, y los restaurancitos de la zona. Las lomas entre palmares nos revelaban espectaculares vistas del mar. Otra vez se desvanecía el tiempo. Cuando el sol se escondía rojo bajo el horizonte, regresábamos a la casa de mi madre a dormir.

Todas las noches de mi visita las dormí con Agnes en el cuarto de mi adolescencia. Mi madre nos ubicó allí, al lado del estudio de mi padre, junto a los balcones que dan al patio de las amapolas. Techos altos a dos aguas, soles truncos en las puertas, paredes de madera. El cuarto donde dormí con mi supuesta prometida se me hacía extraño, como si hubiese sido el cuarto de otra persona.

—Pónganse cómodos —nos dijo mi madre cuando nos instaló aquella primera noche. Luego, le sonrió a Agnes. La suya era una sonrisa beatífica.

Aquel cuarto, mi adolescencia. Yo, preso de los temblores de la carne, designios de un fuego que me consumía infante, pero no, inocente.

Mi padre murió cuando cumplí los once años. Mi madre, que antes había sido una señora más bien distante, se volcó sobre mí. Se esmeró en entrenar, ella sola, a todo un cazador. Los sábados me enviaba a tomar clases de natación, me obligó a entrar en ligas de baloncesto. Me hostigaba para que no me quedara en casa leyendo. "Martín, ¿cuántas novias tienes en la escuela?", "¿Cuántos canastos anotaste?" Yo, que nunca fui muy bueno en sociedad, fracasaba en complacerla en sus esmeros. Crecí tímido, torpe y solitario. Cuando lograba escapar de sus atenciones, me encerraba en el estudio de mi padre o en mi cuarto a leer los grandes libros que él me legó.

Así entré en la adolescencia. Me convertí en un muchacho desgarbado, que vivía pidiéndole prestado al tiempo un cuerpo ajeno. Me tropezaba con todo, menos con los libros. Sin embargo, por aquella época, la carne comenzó a traicionarme. Me nació un apetito sexual sin par, desolador. Fui todo emisiones, erecciones. No hubo forma de escapar de ellas. Tuve que empezar a encerrarme más, a fingir que leía detrás de la puerta cerrada bajo llave de mi cuarto. Allí me masturbaba una y otra vez, apertrechado detrás de los vetustos tomos de Historia de mi padre. Pensé que así mi madre no se daría cuenta de mis excesos.

—Ojalá puedan dormir, aunque sea un ratito —bromeó mi madre aquella primera noche en San Germán, ya cerrando la puerta.

Cada noche que estuvimos en casa, mi madre se despedía con un "que descansen", y se marchaba renqueando hacia su cuarto, con una sonrisa cómplice en los labios. Yo partía hacia mi cuarto con Agnes tomada de la mano, deseoso de estar a solas con ella. Pero, a medida que cerraba la puerta, me desanimaba.

Caía la noche. Pezones rosados contra mi boca, manos resbalando por una cintura firme y pálida. Dos labios rosadísimos se abren en medio de unos vellos que bordean un pequeño lunar contra la comisura de la ingle. Entre mis dedos, Agnes. Mas, de repente, una visión distinta me ocupa la mente. Mi nariz se llena del olor de la sangre vertida. Otros labios húmedos, carnosos, se cierran contra la carne de mi entrepierna. Abrir los ojos, tenía que abrir los ojos, y repetir el nombre de Agnes para que no se desvaneciera frente a mí. Repetir "pezones rosados", para verlos. Nombrar "vulva pequeña" y tocarla. De nada servía. Tan poderosa era aquella otra visión que todo lo cancelaba.

La presencia de Agnes comenzó a molestar. Me molestaban su voz dulzona, sus risitas tímidas. Allí no había herida ni obsesión. No había pérdidas terribles, ni hambres inquebrantables. No había rasgadura, no había Fe.

La carne de la historiadora, amoratada y sangrante, me recordó la antigua carne propia, sorprendida de su bestialidad en aquel cuarto. Fe, y no Agnes, me acompañó cada noche durante mi viaje.

XIV

Se acercaba el fin de mi estadía y tuvimos que regresar a la capital. Nos quedamos en un hotelito del Viejo San Juan. Tan solo sería por una noche.

Llegamos a la hora del almuerzo. Invité a Agnes a La Bombonera, mi restaurante favorito de la zona. Caminamos por las aceras estrechas de la calle San Francisco, entremedio de turistas, empleados municipales, gente haciendo diligencias y comprando. Nos detuvimos a mirar las joyerías, las tienditas de camisetas y *souvenirs*, de abanicos y tallas de santos. Las calles adoquinadas del casco colonial ardían repletas de carros. Al fin, llegamos al restaurante. Esperamos por los meseros, siempre ocupados en otra cosa, quienes, después de un rato, nos sentaron en una de las mesitas del fondo. Pedí un arroz con calamares. Agnes ordenó una ensalada.

—No hacen buenas ensaladas en La Bombonera —no se me ocurrió otra cosa que comentarle.

Silencio. Desde que llegamos a San Juan, entre Agnes y yo se instaló un enorme silencio. Nuestra conversación se había hecho banal. Comentábamos el calor, el gentío, las cosas que veíamos dispuestas en las vitrinas. Evadíamos cualquier comunicación con peso. En aquel momento, imaginé que nos preparábamos para separarnos una vez más. Yo aún creía que podía vencer. Que Agnes vendría a vivir conmigo a Chicago y que todo volvería a ser como antes. Que podría escaparme de Fe, borrar aquella cosa que había ocurrido entre nosotros.

—He empezado a ver unos cuantos apartamentos por el área de Lake Shore Drive. Habrá que levantarse más temprano para llegar al seminario, pero creo que nos vendrá bien mudarnos allí.

—¿Qué pasó con la idea de mudarnos a La Villita?

Agnes masticaba un bocado desabrido de lechugas.

—No sé, me encantaría vivir cerca del lago. Los precios están buenos. Quizás hasta podríamos comprar algo. Sería bueno que te enviara unas fotos por Internet, para que vieras el área.

Las manos largas y pálidas de Agnes se apoyaron sobre el vaso de agua, llevaron el vaso a su boca. Seguí los sorbos del líquido garganta abajo.

—Sabes, Martín…

Así empezó la hecatombe. Desastre y alivio a la vez. Agnes me tomó la mano por encima de la mesa del restaurante. La soltó, nerviosa. Necesitaba más tiempo, no iba a poder mudarse conmigo a Chicago. Me tomó la mano nuevamente. Su tesis era un compromiso que la estaba consumiendo entera. Volvió a tomar agua. Yo comencé a entender otras palabras a medio camino de ser emitidas. Mi pecho se vació de un peso extraño. Supe todo, más bien lo vi, como en un instante preclaro. Níveos muslos de Agnes contra otro muslo. Su carne abriéndose a otra carne. No sentí odio, furia ni dolor. Tomé agua de su vaso, que sudaba su frío contra el manchado mantel del restaurante. Terminé mi último bocado de arroz. Tragué despacio.

—Te estás acostando con tu director de tesis.

Su rostro tenue, de facciones serenas, se descompuso. Agnes enrojeció, torció la boca. Le noté, entonces, como por primera vez, un inaguantable brillo en los ojos. Pagué la cuenta. La agarré firme de la mano, que de nuevo yacía nerviosa contra la mía. La llevé al cuarto del hotel y le hice el amor por horas. Duro, incesante, estuve metido en su cuerpo hasta que vi su pecho bañado en sudor. Agnes me dejó hacer. Emitía grititos contenidos, no sé si de dolor o de vergüenza. Terminé exhausto. Luego, dormí como hacía meses no lo hacía. A la mañana siguiente, me levanté al alba. Tomé un taxi, luego un avión. Regresé a Chicago. Ayudó que mi vuelo saliera temprano en la mañana.

Siete mensajes de voz, cuatro de texto. No contesté ninguno. Agnes quedó atrás, en aquella isla.

Tan pronto pude, me reintegré a mis obligaciones en el seminario. La misma tarde que volví al trabajo, me acerqué al cubículo de mi jefa.

—¿Quieres almorzar? —le pregunté.

Fe aceptó.

XV

La tarde que invité a Fe a almorzar, después de mi rompimiento con Agnes, partimos hacia el mercado de Edgewater. Me ardía la carne. Quería llevarme a Fe lejos de los predios de la Universidad.

—Vamos en mi carro —propuso mi jefa.

Nos perdimos por las calles de ese vecindario donde una vez viviera Frank Sinatra. Mansiones espectaculares se alzaban entre alamedas y el lago. Casonas de arquitectura *greek revival* colindaban con edificaciones modernas y con la casa Robie, diseñada por Frank Lloyd Wright. Restaurantes exquisitos comenzaron a aparecer una vez nos fuimos acercando a la orilla del lago Michigan.

Como si no hubiera ocurrido nada entre nosotros, Fe tan solo me hablaba de trabajo. Comentaba una nueva propuesta para la Fundación de la Comunidad Europea para la Preservación Histórica y la Integración Multicultural en Iberoamérica.

—Tenemos que vencer algunos escollos porque esa fundación prefiere trabajar directamente con Latinoamérica. Pero, últimamente, se han quejado de que sus fondos a entidades gubernamentales no llegan a manos de los seminarios ni de sus investigadores. Nosotros podemos garantizarles transparencia en los procesos. Quizás podamos convencerlos de firmar un convenio. El seminario te recomienda como perito en Investigación y Ciencias Informáticas.

—¿El seminario me recomienda? —Miré a Fe, descreído.

No le noté ni un atisbo de interés en mí. Quizás ya me había superado como el triste amante que fui la noche de nuestros encuentros. Quizás ya se había hecho la idea de que yo tan solo era un colega con otros talentos.

—Yo te recomendé para el puesto. Si se nos da la propuesta, te encargarás de todo lo relacionado con investigación de primeras fuentes, su transcripción, y organización digital. Eres bueno. La gente de Salzburgo quedó encantada con tu presentación. ¿Aceptas?

Ya habíamos llegado al mercado del Edgewater. Fe estacionó el carro en un estacionamiento cercano. Caminamos hacia los puestos de frutas y legumbres hasta encontrar un restaurancito japonés donde pedimos una sopa de soya y unos rollos de atún en *sushi*. Comí, mientras escuchaba a Fe que me contaba cómo su conferencia había sido todo un éxito. Cómo rompió el molde de expectativas, presentando la otra cara de la esclavitud, la que muestran los relatos de sus esclavas que, sin dejar de ser las víctimas azotadas por los amos, se convierten en algo más.

—Tu trabajo ayudó muchísimo, Martín. Lo usé para presentar mi punto y abrir la discusión. Pude exponer esa pelea muda que se dio entre esclava y amo, que se da todavía entre nosotros y ellos; entre el mundo de la "razón" y este otro mundo que algunos todavía habitamos. Llamémosle el mundo de los cuerpos. Creo que hice un buen trabajo. Además, me parece que funcionamos bien como equipo. Te lo quiero reconocer y agradecer.

Siempre soñé con que alguien, algún día, aplaudiera mi invisible trabajo. Con que alguien en el mundo valorara mis talentos. Por eso, despaché mis intenciones primeras. Acogí esta nueva invitación que Fe me presentaba. Respondí sin pensarlo demasiado:

—Claro que acepto el puesto. Gracias por pensar en mí, jefa.

Me tomó desprevenido, por eso volvió a pasar. Miré a Fe directo a los ojos.

No fui yo, lo juro, quien se levantó de la mesa del puesto donde almorzábamos, tomando a Fe de la mano, conduciéndola al estacionamiento. Ni fui quien entró en el carro, quien guió a un lugar apartado, entre las mansiones, mientras manoseaba los muslos de Fe, metiendo mis dedos entre las comisuras de su carne. Me estacioné al lado de un parque. Le lamí el cuello con otra lengua que no era la mía, sangre en mis labios mordidos. Le metí los dedos más profundo. La abrí, me tensé para entrar en ella. Cerré los ojos y me zambullí. Lejos quedaron las mansiones de tapias recién cortadas, los pastores alemanes y las fuentes que escancian el agua de los ricos. Lejos quedó la preocupación de que algún vigilante nos denunciara. Que nos atraparan en ese contubernio indecente. Martín Tirado, historiador, y su jefa de división, Fe Verdejo, son arrestados por conducta indecente a plena luz del día cerca de un parque en la exclusiva zona residencial de Orillas del Agua. No me importó. Somos una y un ardor.

Toco la piel fría de Fe con mis manos calientes como ascuas. Los labios carnosos se abren; meto la lengua en su boca. Una mano me rebusca por dentro del pantalón, saca mi obelisco, lo toca, duele, no sé por qué duele, son rasguños, quiero alivio de las uñas de Fe. Muerdo su cuello. Un gemido. La tiro contra el cuero de los asientos de su carro. Abro sus piernas, un vapor sale de su carne, impregna el carro entero con su olor. Olor a maderas, a fruta dulce y madura. Los otros labios de Fe se abren grandes, anchos. Meto mis dedos de nuevo, tizón. Fe me agarra de las caderas. Me coloca frente a su pelvis. Fajo, me hundo. Pierdo el aire. No hay aire en el carro, solo el olor de Fe. Le empujo las rodillas contra el pecho, me lanzo contra ella, el carro se sacude. No puedo parar de enterrarme profundo, de enterrarla. El aire se me escapa. Quiero traspasarla. Llegar hasta el otro lado de su carne interminable. Soy un músculo duro contra los asientos. Fe se aferra. Ahora, entierra sus uñas en mi espalda, lo sé por el ardor. Su carne es una llama que explota conmigo adentro.

Silencio, mis jadeos. Después, pasamos un rato respirando, unidos por el resuello.

No puedo precisar cuánto tiempo pasó antes de que Fe hablara.

—Me gané una Fullbright. Así volví al convento de las Macaúbas. La monja que había sido mi informante ya estaba en su lecho de muerte. Respiraba un aire pedregoso. Le habían quitado el hábito y su cabeza dejaba ver unos mechones pálidos que apenas le cubrían el cráneo. Su piel amarillenta anunciaba que se iba. Solo sus ojos estaban vivos. Le comenté que había encontrado algo especial.

«—Ah, ya viste el traje —me respondió entre jipíos—. Creí que lo habían quemado. Con ese traje fueron presentadas en sociedad mi abuela y la abuela de mi abuela. Pecado de soberbia, pecado de la carne. Es bonito, ¿verdad?

»—Hermoso —le contesté.

»—Te recomiendo que nunca te lo pongas. —me dijo la monja, sin saber que su advertencia era tardía—. Ese traje está habitado. Los arneses y la tela han bebido demasiado sudor y demasiadas penas. Dicen que es el que usó la misma Xica Da Silva cuando la presentó Fernándes de Oliveira por primera vez en sociedad. Celebraba una fiesta en su casa. Había invitado lo más excelso de la población criolla de Tejuco. Gastó cientos de miles de reis, toda su ganancia minera de un año. El traje lo mandó a hacer en Portugal, con telas de seda cruda, pedrería, hilo de oro. De Oliveira quería que Xica respirara lujo, que aquel traje espantara todo recuerdo de esclavitud del cuerpo de su amante. Ella se prestó. Hizo lo que pudo para aprender a llevarlo con el garbo de una señora. Confió en que el traje le bastaría. Pero la mona, aunque la vistan de seda...»

—La monja intentó reírse, pero se ahogó en su propio aire. Pasó un largo rato antes de que pudiera continuar su confesión.

«—Xica era su mujer verdadera. Pero el Estado de aquella época no permitía casamientos entre blancos y negras. Ella le parió a de Oliveira todos los hijos que pudo aguantar en el vientre. Él se llevó a sus cuatro hijos varones y les compró títulos de nobleza, allá en Portugal. Xica se quedó atrás con todas las hijas; todas mulatas, como ella. A todas las quiso hacer monjas. Salvarlas. Las metía en un convento. Las ponía en ruta. Pero, entonces, pasados algunos años, no podía resistir el impulso de presentarlas en sociedad. Quizás los tiempos que cambiaban harían que algún criollo se casara con sus hijas. Así ellas lograrían insertarse en una sociedad que a ella nunca la quiso. Eran más claras de tez, de pelos más lisos. Más perfiladas. Sabían leer, escribir. Habían sido educadas por monjas. Así que, organizaba la gran fiesta. Desempolvaba el traje más lujoso que jamás se había visto en Tejuco, un traje incomparable, más rico que el de muchas dueñas de títulos; el mayor tesoro que le legara Joaõ Fernándes de Oliveira».

—La monja se detuvo, tosió.

«—Pero, tan pronto como las hijas vestían el traje, se salían del convento. Terminaban siendo unas proscritas. Ricas algunas, pobres otras, cortejas todas. Siempre mujeres ilegales, de las que viven entre susurros, de las que nadie nombra».

—Había hablado mucho la monja. Ya comenzaba a perder el hilo de su discurso.

«—Creo que es mejor que la deje descansar, hermana —le dije».

—Quise reconfortarla de alguna manera, así que le tomé la mano; aquella cosa huesuda, casi toda hecha una trenza de piel marchita. Fue una sorpresa la fuerza con la cual la monja me apartó de entre sus dedos, mirándome intensamente.

«—Yo no tengo hermanas —respondió—. La gente como yo jamás goza de ese privilegio. Ni aquí adentro, ni allá afuera. Afuera están los dientes, los depredadores. Acá, la absoluta soledad».

Fe me miró, con los ojos aguados.

—Me alejé del convento de Macaúbas convencida de que la monja había enloquecido. Pero supe exactamente qué rabia habitaba a la monja, cuál era su dolor.

Eso último me lo comentó abrazándome.

XVI

Lo demás pasa vertiginoso por mi memoria. Firmamos el convenio con la Fundación Iberoamericana. Mi vida se convirtió en una sucesión de viajes por el mundo, de presentaciones en convenciones y seminarios de investigación, de encuentros secretos con Fe en ciudades anochecidas. Demás está decir que, en el trabajo, nadie sospechó jamás de nuestra relación. Esto que se ha dado entre nosotros no ha contado con ningún testigo. Sin embargo, toda historia necesita de alguien que narre, al menos, una versión parcial de los hechos.

Avalancha, hecatombe, sacrificio y rito. Me espera Fe Verdejo. Debo dejar este testimonio lo más completo que pueda.

Después de que Fe me recomendara como perito en Ciencias Informáticas y que se diera el convenio, llovieron las invitaciones. Me invitaron a CLACSO, a la Universidad de Pisa, a la Casa de las Américas en Cuba, al Congreso de Academias Iberoamericanas de Historia en Madrid. En todas partes me encontraba con Fe, con su carne.

Eran encuentros fugaces en lugares de paso. Nadie nos vio jamás cogernos de la mano. Nadie nos vio besarnos ni tomarnos alguna de las atenciones (sacudir polvos de hombros de chaqueta, limpiar alguna migaja de los labios) que se toman las parejas. Nadie nos vio en sitios públicos porque nunca salimos juntos.

Pasó un año con su primavera. Chicago y los aeropuertos se convirtieron en mi hogar. Entonces, de repente, Agnes se apareció por mi apartamento. No la esperaba. Ni siquiera la extrañé en las noches solitarias, cuando regresaba de trabajar del seminario, sin Fe.

Sonó el timbre de mi puerta. Abrí y allí estaba Agnes. Se había recortado el pelo. Estaba un poco más llena, menos serena; distinta.

—¿Puedo pasar?

Su voz me resultó melodiosa. Me aparté de la puerta por toda respuesta. Pasamos la noche entera metidos en la cama. Al otro día, me inventé cualquier excusa y no fui a trabajar. Entre sesión y sesión de sábanas, Agnes me explicó por qué había decidido venir a verme. Yo escuché atento.

—No vengo a la reconquista ni a buscar revanchas. Vengo a cerrar.

—¿A cerrar qué?

—Algo que había quedado abierto.

—¿Podrías explicarte mejor?

—Hubo otra, ¿verdad?

Yo quise guardar silencio.

—No importa. Después de que cortamos, intenté enamorarme de mi consejero de tesis.

—¿Resultó?

—Quizás.

—Entonces, ¿por qué estás aquí?

—Porque no quiero enamorarme de nadie de nuevo. Ya no más.

Miré el semblante de Agnes. Algo duro se arrastraba por debajo de su piel, algo que no la dejaba ser la mujer de antes. Que le otorgaba una insinuante profundidad. Era la pérdida. Era el nunca jamás y el no querer regresar a las sencillas pasiones de antaño. Reposé mi mano sobre su muslo amplio. Yo tampoco quería ese amor. Le sonreí.

El jueves temprano, acompañé a Agnes al aeropuerto. Allí nos despedimos. Las últimas noticias que tengo de ella la ubican en España. Allá se mudó de nuevo.

Agnes y España. Fe y su disfraz. No puedo evitar sonreír con tristeza ante lo que he dejado atrás. No puedo evitar mirar, resuelto, a lo que espera por mí.

XVII

Se avecinaba certero el fin de septiembre. Temía la llegada de octubre, pero no sabía por qué. Era una intuición, poco menos que un presagio. Un año antes, Fe me había despojado de mí mismo con su boca silenciosa y solitaria. Me había dejado tirado en el piso junto a un diván, al que juré nunca regresar.

Pero, desde hace algunos meses, desde agosto, propiamente, empecé a recibir nuevos archivos electrónicos. Eran de Fe. Durante la jornada de trabajo, no me comentaba nada. No mencionaba lo enviado. Hablábamos poco y de lo usual. Preguntaba si ciertas digitalizaciones estaban terminadas, si los estatutos del siglo XVII que pedía un investigador desde Chile aún tenían fuerza legal. Si ya me había llegado la invitación a la próxima conferencia.

Pero, de noche, mi computadora se encendía con nuevos documentos.

Aquellos archivos me convidaban a leer una historia perteneciente a un pasado no muy remoto. Fe Verdejo era la autora de las palabras. Yo no podía hacer otra cosa que leer, sentarme frente a mi computadora todas las noches, marcar páginas con mi cursor mientras mi carne era habitada de nuevo por presencias innombradas; por sensaciones que no eran mías y que, sin embargo, desde siempre, me han acompañado.

Recibí diez mensajes en total a lo largo de tres semanas y media. Algunos tardaban en llegar, pero yo los esperaba. Pasaba de la desesperación al desencanto, de la curiosidad al temor, por qué negarlo. Pero, cada noche, en mi apartamento de investigador, los acogía. Los fui leyendo poco a poco. Incluyo aquí un resumen de los archivos completos de Fe Verdejo. Ahora que reviso estos apuntes, me doy cuenta de que los escribió con la esperanza de que nombraran su rabia y su soledad.

XVIII

Ciudad de Maracaibo
Fe Verdejo
Circa
1985

Mi madre estudió en un internado. Mi abuela la ingresó en un colegio de monjas dominicas a la edad de doce años. De otro modo, terminaría como ella, de amante de algún señoritingo del litoral. Así que, de mala gana, entregó a las monjas a su única hija. A los trece años, María, mi madre, le anunció a Raquel Verdejo, la suya, que quería hacerse novicia. A los catorce cumplidos, las monjas llamaron a mi abuela. Tuvo que lanzarse a toda prisa a sacar a su hija del monasterio en medio de las miradas torvas de la abadesa. Su hija estaba preñada. Nadie sabía de quién.

Después de arduos trabajos, Mamá Raquel logró casarla con un primo distante de la familia que le llevaba veinte años. La pareja se mudó a Caracas. Nací yo, y mi abuela se hizo cargo de mi crianza.

Vivimos en muchas partes, pero terminamos en Maracaibo al filo de mis trece años. Mi abuela decidió, entonces, apuntarme en un colegio para internas.

—María Fernanda, no me falles. No traigas otra desgracia a esta casa —me dijo cuando se despidió.

Nunca antes me había llamado por mi verdadero nombre, el nombre entero de mi madre.

Pasé los siguientes dos años obedeciendo el mandato de mi abuela. Cada vez que se celebraban bailes o que un seminarista nuevo comenzaba a visitar el colegio, yo me escondía en las habitaciones de las monjas. Allí, jugaba con sus hábitos, con los velos, las cuelleras y las sogas de cinturón. Los tocaba y me entraba una extraña sensación en el cuerpo, como un picor profundo que me encharcaba de sudor y de otros humores más complejos. Me daba miedo tocar los hábitos, pero no podía parar de hacerlo. Lo que nunca me atreví fue a probarme uno. Sabía que aquello hubiera sido mi perdición.

Otras veces, para escapar de tentaciones, me recluía en la biblioteca del colegio. Allí, prefería leer biografías de santos o libros de Historia. Eran mis lecturas favoritas. Aquellos libros contaban las vidas de princesas y reinas recluidas en monasterios, para purgar sus atribuladas almas; para escapar (o caer presas) en las redes del poder. Juana la Loca, Ana de Austria, Margarita de Escocia, Ana de Borgoña, Santa Águeda, Santa Teresa de Jesús, Sor Juana. Mujeres sabias, mujeres pías, mujeres sacrificadas. Pasaba horas enteras reconstruyendo con dibujos las aulas del monasterio donde vivieron, sus vestimentas y carruajes, los blasones de su séquito. Con el lápiz y con pasteles trazaba y coloreaba mapas de otros tiempos. Los hacía palpables ante mis ojos. Era un trabajo arduo que me tomaba semanas. Pero, ni una sola vez, vino monja o alumna alguna a procurarme. Yo permanecía encerrada en mi propia celda de clausura —la biblioteca—. Allí, viví aquellos dos años sin interrupciones, desapercibida. No fue difícil. Era la única negra de la escuela, la única que no era hija de ricos. O, al menos, eso pensaba yo, desconociendo la cuantiosa fortuna que, quién sabe cómo, había amasado mi abuela.

Yo quería ser como aquellas monjas, blancas, puras, como aquellas princesas; vestir trajes hasta el suelo, hechos de terciopelo bordado con hilos de oro y pedrerías. Pero, en mi fuero interno, sabía que aquello no era para mí. Me lo recordaban las alumnas del colegio y el color de mi piel. Mi piel era el mapa de mis ancestros. Todos desnudos, sin blasones ni banderas que los identificaran; marcados por el olvido o, apenas, por cicatrices tribales, cadenas y por las huellas del carimbo sobre el lomo. Ninguna tela que me cubriera, ni sacra ni profana, podría ocultar mi verdadera naturaleza.

A mis quince años, mi abuela me sacó del convento para premiarme con una gran fiesta. Me mandó a cortar un traje de fantasía que hizo realidad todos mis sueños. Aquel traje era el premio a mi lealtad. Había cumplido los quince y nadie me había preñado.

Abuela Raquel había dispuesto de todo, hasta del parejo que me acompañaría a mi baile de quinceañero. Entre sus allegados, escogió a Aníbal Andrés, ahijado de una sobrina. El muchacho era blanco como la nieve. Tenía manos de seminarista (mal augurio), pero juraba que quería ser ingeniero petrolero. Sus cabellos negros y tupidos le recortaban el contorno de una cara llena de empuje y de ambición. Quería caerle bien a mi abuela; se le notaba.

Aníbal Andrés bailó conmigo toda la noche, gentil.

—Ese muchacho va a llegar lejos, se le ve. No es de esos que tiran la piedra y esconden la mano —me comentó Mamá Raquel al final de la noche.

Tal vez por eso bajó la guardia; tal vez por eso me dejó salir con él de paseo; que me acompañara hasta la casa a la salida del baile. Ella ya estaba entrada en años. No daba para trotes. Además, yo había probado que sabía cuidarme.

Pero aquella noche no supe cómo cuidarme de las manos de Aníbal Andrés. Fui yo quien lo besó primero; yo, quien lo incité, lo admito. Pero no me esperaba la fuerza con que me agarró por debajo el traje, me desgarró la ropa interior, me metió los dedos por dentro hasta ponerme de cuclillas. Tampoco me esperaba la manera como me mantuvo sujeta contra el suelo, mientras me metía su miembro duro entre las piernas.

El muchacho comenzó a morderme, a arañarme, a abrirme con empellones. Forcejeé un poco, pero lo peor de todo fue cómo mi cuerpo respondió a cada empujón y a cada manoplazo. Respondió con sangre y con ardor. Respondió con un temblor intenso que salió, inesperado, de mi vagina. Latí completa, en carne viva, debajo del traje. Aquella fue la única vez que grité, mientras Aníbal Andrés estuvo regocijándose en mi carne.

Tengo que admitir que me gustó aquella derrota. Aquella sumisión dolorosa, aquel dejarme hacer. No opuse demasiada resistencia.

XIX

31 de octubre. Sam Hain. Acá, en el seminario de Investigaciones Históricas, esa fiesta pasa desapercibida. Sabemos demasiado de su origen, que se confunde con otras fiestas paganas y cristianas; muchas de ellas, olvidadas en el tiempo o mudadas de sustancia y de faz. La razón dicta discreción. La razón nos hace teclear la computadora, oprimir el buscador electrónico para que encuentre todas las entradas.

Las fiestas paganas de Feralin y Pomona mudaron de costumbre. Los melancólicos católicos colonizaron, al menos espiritualmente, la mitad del mundo. Entonces, lo animal se tornó obsceno y la carne (ese otro animal) se convirtió en la gruta donde se escondían los demonios. No tan solo se dejaron de venerar las fieras y las extrañas sabidurías que se escondían entre sus tripas. Todo fruto que salía de la tierra fue robado de su espíritu. Las ramas del manzano, la dulce carne de la uva o de la piña fueron convertidas en objetos inanimados para el consumo de la carne pecadora, solo redimida a través de la bendición de Dios. Era imprescindible acabar con el misterio de la caza y de la pesca, de las cosechas y de los plenilunios. Solo así la Fe Verdadera podría acabar con la Fe en los dioses que acompañaban el misterio de lo Natural y de sus desviaciones.

Pero, entonces, ocurrió la peor de las traiciones. Con la cristianización de los romanos y la paulatina suspensión de la fiesta de Sam Hain, se olvidó el culto a los ancestros: a los ancestros animales, a los ancestros frutales, a los ancestros humanos, a los muertos.

Algo pasó con la Historia; algo terrible le pasó al tiempo.

He aquí *la summa contradictio:* el tiempo no existe y todo lo que existe es tiempo. Tan solo se materializa a través de ritos que sacralizan ese inmenso vacío, lo vuelven fijo, fijado con sangre. Cada rito convoca una fuerza de la cual surgen los nombres y los dioses. También, surgen los ancestros, aquellos que fueron descubriendo los ciclos de la cosecha y de la pesca, los movimientos de los astros, las maneras como todo lo que vive está conectado con la sangre que fluye, con los minutos que pasan. Los ancestros son la duplicidad y la contradicción. Los ancestros (y el acopio de sus saberes) son lo que nos fija en el tiempo. Esas largas genealogías de muertos intentan trazar una línea que, atravesando una masa informe de cuerpos, se desplaza por el espacio infinito. Eso es la Historia, una tenue línea que va uniendo en el aire a los ancestros —a esos pobres animales sacrificados en la pira del tiempo—.

Por eso ocurre el misterio que es Fe. Por eso ella es el enigma que jamás uno logra comprender del todo, pero que llama, erizando cada vello de la piel. Por eso todas las mujeres derramadas se materializan en las telas de su traje y en su carne. Ahora entiendo por qué mis antecesores, Figurado Ortiz y Álvaro Marqués, huyeron despavoridos para esconderse de nuevo en el mundo de las edades periódicas, pasajeras. Huyeron para asirse al mundo de lo tangible. Ahora entiendo. Y ahora entiendo por qué Fe Verdejo se prestó para que el rito encontrara ruta en su carne y por qué me buscó hasta encontrarme.

XX

Isla de Puerto Rico
Aldea de Río Piedras
Circa
1984

Siempre quise ser historiador. Me he pasado casi toda una vida escondido en seminarios de investigación, en salones de conferencias y salas de computación. De noche, en mi cuartucho de "investigador", me conectaba a Internet. A veces, navegaba por sitios *web* de Historia, otras, de pornografía. Me masturbaba. Estaba seguro de que nunca sería el macho alfa, protagonista de una historia que se impondría ante los demás relatos de la especie. Yo, Martín Tirado, un hombre de acción; nunca jamás.

Sin embargo, no todo fue contemplación y estudio. Hubo alguna vez en que decidí unirme a la tribu, participar de alguno de sus ritos. El que mejor recuerdo ocurrió en un 31 de octubre, Víspera de Todos los Santos.

Aquella noche me disfracé de don Juan Tenorio. Cuidé cada detalle —calzones cortos, bombachos; calzas larguísimas de medio punto, confundidas dentro de botas de cuero, casaca estrecha de paño oscuro—. Sobre esas prendas, vestí una antigua sobretúnica, adornada con cuello de encaje holandés; hopalanda larga con mangas anchas y acampanadas. Busqué una melena de rizos, la adorné con un sombrero de librea con su respectiva escarapela. Fui a la Facultad de Deportes y alquilé una espada de esgrima con punta roma, que envainé en un cinturón. Me miré atento en el espejo. Siglo XVI. La vestimenta recreaba exactamente la época del don Juan Tenorio, de don Giovanni, del Casanova renacentista. Entonces, me coloqué un antifaz. Eso le dio el toque final a mi obra.

Salí de mi dormitorio y me encaminé hacia el Centro de Estudiantes de mi universidad. De lejos, podía oír la música retumbando contra la noche fresca, contra la calle un tanto mojada por un aguacero repentino. Me topé con pequeños grupos de estudiantes disfrazados. Había gatas, tres superhéroes poco convincentes, un pirata, varias conejitas de *Playboy*. Era extraño cómo me desplazaba entre ellos, sin un solo tropezón. Caminé resuelta y firmemente. Pagué mi entrada a la fiesta que allí se celebraba.

Adentro, saludé a algún compañero de clases desde lejos. No quise acercarme a ningún grupo, pero esta vez no fue por timidez. Me recosté contra la barra y pedí un trago. No soy gran bebedor y no me gustó nunca el sabor del alcohol. Pero aquella noche bebí cinco, seis tragos. Entonces, noté que una muchacha me miraba insistentemente. Levanté mi copa plástica en señal de reverencia. No quería salirme del personaje.

Ella se acercó. Estaba vestida con un traje antiguo, una réplica imprecisa hecha de tafetán morado y holanes de encaje en los puños de las mangas. Se inspiraba quizás en las modas del siglo XVIII. Una peluca blanca adornaba su cabeza.

—Soy María Antonieta —se presentó—. ¿Y tú?

—Don Juan Tenorio —le respondí, inclinándome a la usanza de los tiempos.

De inmediato, le besé la mano.

—El gran conquistador —respondió ella entre risas.

La tomé firme por la muñeca. La llevé a la pista de baile, donde sonaba una balada cualquiera. La agarré por la cintura, la apreté contra mi pecho. Bailamos no sé cuántas veces. Nos besamos.

—Vas a hacerme perder la cabeza.

—Eso, señora mía, es destino inevitable.

La invité a otro trago y, luego, nos alejamos hacia mi dormitorio. Pasé la noche entera encajado entre las carnes de aquella pobre muchacha, dándole empellones, como un poseso. Ella, tan borracha como yo, no hacía más que gritar; no sé si de placer, no sé si de dolor. No tuve tiempo para preguntarle. Al día siguiente, mi cama amaneció vacía, con una mancha de sangre adornando las sábanas. Pensé que era la mancha de mi virginidad perdida o, quizás, la de ella. No quise indagar más.

Ese día me descubrí capaz de actuar de otra manera. De sentirme dirigido por esa extraña hambre que desde siempre me habita. Pero, pronto, quise olvidar. Intenté de nuevo refugiarme en los libros, en la dulce distancia que otorgan la Razón y la persecución del saber. Alejarme de este cuerpo mío que nunca puedo controlar del todo y que no puedo trascender. Que me convierte en la contradicción que soy.

Hoy entiendo que los libros, la Razón, ya no me sirven de trinchera. Recapacito y estoy dispuesto a actuar, a enfrentar las consecuencias de mis actos.

XXI

He tomado una siesta para recobrar fuerzas. Debo narrarlo todo para que conste. Narrar, por ejemplo, el rito que empezó a darse a partir de nuestro segundo encuentro. 31 de octubre del año pasado. Sam Hain.

Fe me invitó a su casa a cenar. No lo había hecho nunca, ni una vez durante el año que estuvimos encontrándonos en hoteles y conferencias. "Te espero puntual. Si quieres, trae una botella de vino". Recibí su mensaje de texto en mi celular. Otra vez crucé las calles de La Villita, que estaban hechas una fiesta. Calacas y serpentinas. Ofrendas a la Muerte en todas las vitrinas. Caminaba, confiado del vínculo que esta vez me unía a Fe.

Llegué en punto a las nueve de la noche. Fe había dispuesto una mesa y cenamos. A las diez, quise mirarla a los ojos y sostenerle la mirada. La luz entera del comedor se perdió en aquellos ojos absolutamente negros, sin pupilas. Fe se mordió los labios, en ese gesto suyo que muestra concentración. Su mirada impenetrable me encogió el pecho. Nunca antes había notado que era una mirada triste. La pulpa de su boca se me reveló vulnerable por primera vez. Aquellos gestos de Fe no eran provocación, eran las cicatrices de su herida.

Quise besarla, retenerla de este lado de las cosas y del tacto. Me levanté de la silla y caminé, poco a poco, hasta su silla.

Me le arrodillé enfrente. Le tomé la barbilla entre las manos. Fe, nerviosa, cerró los ojos. Soltó el labio inferior de la prisión de dientes que lo retenía. Entreabrió la boca y suspiró. Suspiró por los dos.

La besé, primero, con ternura. Pero mis manos resbalaron de la barbilla a los hombros, a sus senos, a las grupas, y ya no pude parar. Lengua, sus labios, mordérselos, bajar por su cuello. Le chupé la comisura con el hombro hasta hacerla gemir. Me pegué a sus pezones y la agarré duro. Las manos de Fe, a su vez, trabajaban arduas. Soltaban botones, abrían cremalleras, agarraban el obelisco que palpitaba, duro, entre las piernas. Fe se bajó de su silla, quiso llevarse mi carne hasta su boca. La detuve.

—No, mi reina. Esta vez no.

Una vez más, Fe me condujo hasta el salón de nuestros encuentros. Yo, por mi parte, la seguí por los pasillos, desnudo y excitado; sabiendo lo que venía, curiosamente ansiándolo. No tuvimos que hablar. Fe sacó el traje de su consabida caja. Desenredó los arneses. Se los ajustó, implacable, a la cintura. Yo, desnudo, me tendí sobre el diván a mis anchas, a mirar.

Fe terminó su faena. Se vistió completa con el traje dorado. Luego, completamente cubierta, se sentó en una orilla del diván.

—Arrodíllate —me pidió en un susurro.

Yo, erecto, me postré ante Fe.

—Bésame.

Obediente, acerqué mis labios a sus labios, que permanecieron cerrados. Luego, me di cuenta de que Fe sacaba lentamente un pie de debajo del traje. La miré sonreído. Bajé hasta aquellos pies calzados. Mi lengua raspó los poros de la tela, se enredó en los botones y, luego, en las puntas blandas de sus zapatillas pintadas con arabescos marrones y dorados.

—Descálzame.

Recuerdo que a Fe la muerden las correas del arnés y que un frío alambre se le entierra en la piel. Una extraña sensación se apodera de mí. Recuesto mis manos sobre sus muslos, los empujo contra el diván, contra las varillas que sé que la cortan por debajo del traje. Fe aguanta un grito. Se le crispan las manos. Me aruña los antebrazos.

—Martín, descálzame.

Adentro, bullen los humores. Huelo la savia que humedece la entrepierna de mi dueña. Desabrocho las zapatillas, las deslizo del pie, las tiro lejos. Meto las manos bajo el traje. Palpo los muslos de Fe hasta encontrar las ligas. El arnés me da zarpazos. Suelto la liga, resbalan las medias caladas. Subo el traje por sobre mi cabeza. Lamo la pierna de Fe hasta la altura de las rodillas. Miro. La oscuridad se cierne sobre la carne. Otra vez me dan deseos de empujar sus muslos, implacable, contra el varillaje que ya no sirve para otra cosa que para el suplicio. Fe gime, se queja, levanta las faldas de su disfraz y se sujeta a ellas como a la proa de un barco encallado. Lamo más profundo ahora, subiendo por los muslos. Fe se echa sobre el diván. Levanto el arnés. Sus piernas, largas y oscuras, exhiben rasguños e incisiones, antiguas cicatrices abultadas. Las miro rápido, no me detengo. Otra visión me llama. Al fondo de sus piernas, un pubis ancho y jugoso se entreabre. Unos labios como de ala de mariposa tiemblan, rosados, mientras Fe se acomoda sobre el diván, que le entierra, aún más, los fierros del arnés dentro de la carne. Me muerdo la lengua. Quiero comer de esa carne. Abrevar. Entierro mi cara entre los muslos de Fe. Lamo y muerdo hasta que me falta el aire.

Una mano me hala de los pelos para subirme por encima de un mar de encajes hasta donde Fe aguarda, suspirante. Con las caderas, aguanto el traje, el arnés. No me importa que los fierros también se entierren en mi carne. Me yergo sobre mis manos. Fe se abre para mi, completa. Hasta mi nariz llega su olor a almizcle denso, a maderas recién cortadas. Pongo la punta del obelisco en la entrada de su veta.

—Entra —ordena Fe.

No me muevo. Dejo mi obelisco justo al borde de la entrada, rozando la punta de su clítoris con su cabeza hinchada.

—Entra en mi carne, rómpeme la carne. Sácame de aquí.

Fe me lo implora. Mi dueña me suplica, tomándome por las caderas. Resisto un poco, primero; pero, después, me hundo entero, empujándome duro contra el hueso de su pubis.

Salgo, me retiro, me deslizo entre sus labios calientes. Agarro fuerzas y vuelvo a entrar. Fe frunce el ceño, se le aguan los ojos.

—Sácame de aquí.

Del otro lado de mis movimientos, el arnés raja la carne de mi dueña. Yo empujo, ella sangra, arde y gime. Me abandono al roce. Sufro con ella y sonrío.

XXII

A partir de ese segundo encuentro, mi vida se convirtió en esto: trabajar en el seminario, ir a dar conferencias por el mundo. Llamar a Fe. Devorarnos, devorarla y, luego, huir. Mientras tanto, espero.

Hoy se acaba el mes de octubre. Afuera, los niños van de casa en casa disfrazados de piratas, de brujas o de superhéroes. En esto ha parado el rito, en esta fiesta de plástico. No es en balde. El tiempo escondió de nuevo la conexión entre el aquelarre de los muertos y el resurgimiento de los vivos; entre el paso de lo que se acaba y lo que empieza. Pero algunos recordamos: carne muerta y cosecha; todo es un mismo alimento.

Fiesta de Todos los Santos, Fiesta de Todos los Muertos, da igual.

La Iglesia suplantó toda celebración de fin de año pagano. En la madrugada del 31 de octubre, cuando está por convertirse en 1 de noviembre, comenzaron a celebrar las misas de Todos los Santos. En ellas, se venera lo sagrado, esta vez, divorciado de su contradicción, de lo carnal. Santa Marta, que derrotó a la serpiente; Santa Beatriz, que se encerró en el castillo y murió de hambre antes de renunciar a su fe. Santos devorados por leones y por águilas; despedazados a manos de los paganos. La misa de Todos los Santos les recuerda a los feligreses los infinitos peligros de la carne y de los ritos que los instauran, fijos, sobre la faz de la Tierra. Renovados en su renuncia, marchan los cristianos a sus casas con una espiga en la mano. Lo sagrado sin mácula suplanta a lo sangrante; esa ofrenda que nunca para de manar.

Al alba siguiente, se canta el ángelus. Los feligreses nuevamente convocados llenan las naves de las iglesias, esta vez, pagando misas por el descanso de las almas de sus seres queridos. Traen la ofrenda en moneda, metal sonoro, sudor que no late, abstracto y ausente. La depositan en la cestilla del monaguillo. Luego, esperan pacientemente a que el Padre, arrobado, diga el nombre de su más reciente muerto; le dedique un credo y un avemaría a aquel infeliz que debe tener aún su alma en el Purgatorio. Que Dios le dé la luz y le enseñe el camino, que lo libre de las ataduras a este mundo. Que, al fin, descanse en paz.

Fiesta de Todos los Santos, Fiesta de Todos los Muertos. Esta fue la última transformación antes de que la Historia diera un revés y que Sam Hain se convirtiera en esto: en una fiesta supuestamente "laica" o en su facsímil razonable y comercial. Pero, en algunos resquicios, por ciertas grietas del tiempo, Sam Hain es de nuevo conjurado. Sam Hain en su disfraz. Ya lo he dejado claro en este escrito: la Historia da la impresión de ser mutable, pero siempre vuelve a su redil. Se repite y regresa al sagrado rito de su origen.

Otra lección que he aprendido: el amor no es más que una devoración.

XXIII

Termino de abrocharme la camisa, de alisarla pulcramente dentro del pantalón. El solo contacto de mis manos me provoca escalofríos. Mi tacto, ya desde el anochecer, le pertenece a Fe. Son otras manos las que me tocan, otras las que pasan el botón de nácar por el ojal, la lengüeta de la correa por la hebilla de metal.

Un tropel de niños toca a la puerta. Me asomo por la ventana. Timbran un Spiderman, una bruja en su escoba, un Frankenstein y una gran calabaza anaranjada.

—*Trick or treat*, Halloween.

Así gritan. En inglés, el lenguaje del último imperio. Los niños disfrazados montan algarabía. Los acompañan dos madres vigilantes, protectoras. Cerca de la puerta, reluce una bandeja de cristal abarrotada de dulces. Meto las manos y las saco repletas del botín azucarado que vacío en las bolsas y en las calabazas de plástico de los niños. Las madres sonríen y dan las gracias. Los niños se alejan corriendo, metiéndose caramelos a la boca.

—Jaimy, te dije que esperaras a que llegáramos a casa; uno no sabe lo que pueden tener esos dulces.

—Abuela dijo que, a veces, les meten agujas a los chicles o que les rocían veneno de ratones.

—Por eso hay que tener cuidado. Tengan paciencia. Hay gente a la que le gusta hacerles daño a los inocentes.

Escucho a la bandada de madres y de disfrazados; cómo se alejan pasillo abajo. No puedo evitar pensar, ya a punto de juntar la puerta, qué es un inocente. ¿Acaso hay alguien en este mundo que lo sea? ¿Acaso el peso de los tiempos, los conocidos y los desconocidos, nos hace a todos cómplices de algún secreto mal, de algún rito malévolo y sagrado, del pasaje de los muertos por nuestra carne?

¿Quién es inocente?

31 de octubre. Se supone que hoy, esta misma noche, se abra una brecha en el tiempo. Que, justo a media noche, presente, pasado y futuro se fundan en uno. Los ancestros familiares y los animales, los descendientes perdidos en el humo, volverán a formar el hilo que conduce la Historia. Entonces, y solo entonces, el chamán podrá recitar lo vivido como una encantación. Decir el cuento y que signifique. Atisbar el futuro de su especie.

Regreso al baño. Es hora de tomar lo necesario. Fe me lo indica.

—Tráela. Es el momento.

Es la navaja de acero toledano. El único regalo de Fe que me acompaña. Abro el botiquín de los afeites. Allí refulge la navaja solitaria.

Fe me la regaló la noche antes de regresar de uno de nuestros múltiples coloquios. La XXVII Conferencia de la Asociación Iberoamericana de Historia. Todos los años cambia de sede. Aquel tocó en Madrid.

Tomamos el vuelo de la noche (Chicago-Miami-Madrid) y llegamos a Barajas en la mañana. El sol partía el cielo con un filo de luz. Un nuevo terminal de aeropuerto nos acogía. Banderas anaranjadas colgaban del techo, combinándose con el metal ondeado sobre el cual volaban aviones.

Del seminario, fuimos cuatro: además de Fe y de mí, Tina Baumer, una alemana casada con un ecuatoriano y reconvertida al latinoamericanismo más feroz, y Báez.

—Quizás me quede unos cuantos días después de que termine el simposio y tome un trencito para Galicia, a ver familiares, los hijos de un primo —anunció Báez tan pronto pisamos inmigración.

Fe y yo no cruzamos ni una mirada cómplice en todo el viaje. De hecho, nos tratamos como si estuviéramos en los predios del seminario. Ya éramos expertos en disimular.

Madrid estaba tomada por historiadores. Madrid no, tan solo el trayecto entre Cibeles y Plaza del Sol. En el Palacio de Bellas Artes fue la conferencia inaugural. Luego, los demás paneles se sucedieron concurrentemente en varias localidades. *Historiografía y medios electrónicos* y *Transmodernidad y culturas híbridas* se ofrecieron en la Casa de América. Allí, Fe dio su conferencia sobre las esclavas.

Yo, cada vez que podía, me escapaba de los salones fríos. Me iba a caminar solo o con Báez. Y con Fe. Una tarde, salimos a almorzar los cuatro del seminario. Fotos en la fuente de Cibeles; luego, una caminata por el Paseo del Prado hasta llegar al Museo. La estación de Atocha alzaba sus fierros rojos contra el horizonte de árboles del Jardín Botánico. Decidimos cruzar la avenida y subir por una callecita lateral, desembocamos en Lavapiés. Allí, encontramos un puesto de *falafels* de lo más acogedor. Comimos.

—Me voy a la conferencia. Un perito en culturas mayas va a hablar de Chiapas —era Tina, hablando en su español estrictamente imperfecto y lleno de carrasperas.

—Pues yo no pienso regresar —repuso Báez tomándose un trago de cerveza.

—Ni yo —me apresuré a responder—. No me cabe una fecha más en la cabeza.

Fe nos miró atenta a ambos. Sonrió levemente. Se la veía feliz. Fue ella quien propuso que diéramos un paseo por la ciudad. Quería ir a la Casa del Libro, tomarse un café en la plaza. Partimos.

Tomamos la calle de las Huertas, nos paseamos frente a los teatros de la plaza Lope de Vega, cruzamos los barcitos de la Jacinto Benavente hasta la calle Atocha. Llegamos a la Plaza Mayor.

Esa tarde, nos divertimos de lo lindo, Fe, Báez y yo. Entramos en cada una de las tienditas del cuadrángulo.

—Esto le encantaría a Tina —bromeó Báez—. *Made in* Ecuador, importado de España.

Se mofaba de las pulseritas de hilo trenzado, los cuarzos y las plumas que vendían en las tienduchas para turistas. En una de esas tiendas, encontré hasta café 100% primera, de Puerto Rico, isla remota. Entramos en una tienda de abanicos. Fe compró algunos para regalar. No dijo a quién.

En una de las callecitas laterales, encontramos una tienda de viejo. En ella, exhibían monedas de la época de los Borbones, libros, sellos. Báez y yo nos embebimos contemplando las navajas, una en particular, cuya hoja descansaba contra un mango de hueso labrado.

—Qué primor —suspiró Báez.

Le pedí al dependiente que nos la mostrara. Tomé la navaja por el mango, acaricié su hoja, hice uno o dos movimientos cortando el aire. Nunca antes había estado tan cerca de un arma antigua. No podía dejar de sonreír traviesamente mientras le tomaba el peso en la mano.

—¿Se la lleva?

La voz del dependiente me sacó del juego. ¿Yo con una navaja? Los herreros toledanos siempre compartieron secretos con los de Damasco; sabía el dato. La navaja en mi mano era idéntica a muchas otras que había visto en imágenes que había manipulado para crear animaciones de la época en el *Illustrator*. Un manipulador de imágenes, eso sí era yo. Deposité la navaja de nuevo sobre el mostrador.

—Gracias —dije y partí. No sabía que Fe había estado observándome.

Esa noche, mi jefa se apareció en mi cuarto de hotel.

La dejé cruzar el umbral. Estaba aún vestida como por la tarde.

—Toma, te traje esto.

Era un paquete de sencilla envoltura. Abrí la cinta marrón, el papel de estraza. El filo de un metal brilló contra mi mano. Allí estaba la navaja toledana.

Sonreí. Quise agradecerle a Fe aquella demostración de afecto. Quizás vinieran más. Quizás esta fuera la primera de muchas otras atenciones, el permiso para poder regalarle joyas, flores, acompañarla a alguna cena, acunarla. Iba a hablar, cuando una mirada me advirtió que no lo hiciera. Que no entorpeciera el aire con palabras. Los dedos de Fe se movieron contra los botones de su blusa. La luz de la única lámpara encendida en la habitación comenzó a lamer pechos redondos, brazos anudados a la espalda, contra un sostén que caía al suelo. Sus pezones terminaban en puntas delicadas, en suavísima piel de felpa. Cae la falda al piso. Fe (de nuevo) no lleva ropa interior. Se vira de espaldas. Sus caderas anchas, duras, están cruzadas por decenas de cortaduras. Son los raspazos del arnés. Me detuve a mirarlos.

Sobre los muslos, Fe mostraba incisiones todavía rosadas. Muchas. Esos diminutos rasguños forman pequeñas heridas acolchonadas. Keloides. Fe tiene keloides que le inscriben un extraño alfabeto sobre las carnes. La visten de la cintura para abajo. Allí estaban, en Fe desnuda sin el traje y sin el rito.

Plaza del Sol. Unas voces lejanas se pierden por las calles. Fe, de espaldas, aguarda en silencio. Arrobado, me acerco.

Braille en las manos la piel de Fe.

La deposité en la cama suavemente. Tomé la navaja y le hice una pequeña incisión sobre la nalga derecha. Manó la sangre. Me acerqué para abrevar. Hice otra incisión, esta vez sobre mi pubis. Fe se volteó para ver la herida. Me miró desde lo más profundo de sus ojos. Manó mi sangre, roja también. De espaldas, Fe se abrió como una fruta. Acepté la ofrenda. Me acomodé entre sus caderas amplias, entre sus carnes eternamente heridas. Yo, fresco con mi corte, vi en concreto la rasgadura con la que siempre cargué; de la cual nunca supe el peso. Su largo dolor me convirtió en el hombre asustadizo y tímido que siempre fui, en el escurridizo historiador que buscaba entre archivos el nombre de su sangre, y ahora en este hombre que soy.

La noche resbaló lenta sobre nuestros cuerpos. Cuando desperté, Fe no estaba en mi cama. Sobre la mesita de noche, quedaba la navaja toledana con una mancha de sangre seca, no sé si de Fe, no sé si mía, empañándole el filo.

XXIV

Chicago, Illinois
Encuentro con Fe Verdejo

Falta poco para las nueve.

Hoy es 31 de octubre, el tercero en que Fe Verdejo me convoca a devorarla y a dejarme devorar. A dejarme desdoblar.

Sabía que llegaría este momento. Fe sabía que yo acudiría; que, de nuevo, me abandonaría a su rito.

Desde hace una semana, desde el mismo día en que recibí su mensaje, el tiempo se detuvo. No he hecho más que levantarme, comer, vivir como un autómata, escribir esta historia, abrir y cerrar los archivos de Fe. Imagino nuestro encuentro. Me imagino, por ejemplo, cómo veré a Fe mutando ante mis ojos. Se convertirá en cortesana haitiana de los tiempos de Henri Christophe, en la mismísima Xica Da Silva, en todas esas mujeres negras, trasplantadas por un extraño curso del azar (y de la Historia) a ese traje, a esa otra piel. La veré también como Fe Verdejo, la insigne historiadora, esclava de su tormento.

Llegaré puntual a su casa, a las nueve de la noche. La encontraré ya vestida. Me esperará a solas, en ese cuarto desprovisto de otros muebles que no sea el diván de madera. Se mantendrá parada en medio de la estancia como una reina. Sin embargo, sabré que, bajo el disfraz, su piel rasgada por alambres cuenta una misma historia —la repetida, la inmutable—. Su piel ansía más ardor. Ansía liberarse en el ardor; botar la complejidad de su sangre. Yo, Martín Tirado, me someteré obediente a los avatares de esa historia. Me desnudaré y esperaré mi mandato.

Esperaré mi señal.

—Si pudiera salir de aquí.

Fe murmurará palabras que yo escucharé atento. Noche en Madrid, en Roma, en México. Son palabras que se le han escapado en muchos de nuestros encuentros —murmullos apenas— ahogadas por gemidos y besos. Palabras a medio camino entre la confesión y la conjura.

—Salir de este cuerpo...

Esta vez, cuando las diga, sacaré la navaja toledana. Sé que lo haré. Lo exige el rito. Lo exige el tiempo enquistado en el dolor de Fe, que ahora es mío. Lo exige mi carne que ya no puede distinguir, no quiere distinguir de quién es la sangre que mana.

La navaja en mis manos. Fe estará postrada contra el diván que contrastará, pálido, con su piel color madera chocolate. La desnudaré completa. Cortaré las telas de ese traje. Mi navaja rasgará el peplo, el pasacintas, destrozará las mangas y los holanes. Fe gritará, le taparé la boca. Entenderá que debo hacerlo; deshacerme de esa barrera que frena nuestro encuentro definitivo, duradero. Espero que no se resista demasiado. Que me deje ver, de la cintura para arriba, sus pechos al aire, de pezones anchos, oscurísimos. Y que, a sus pies, acepte el traje desgarrado. En la memoria de mi dueña, sonarán latigazos y carimbos. Se desvanecerán cicatrices y humillaciones. Entonces,

Fe, liberada, entenderá y se abrirá para mí. Ella misma lo ha querido. Me lo ha pedido todo este tiempo: "Rompe el traje, desgárralo, sácame de aquí".

Mi obelisco de carne se hundirá profundo entre las piernas de Fe Verdejo. La haré gritar. La haré venirse entera contra el diván, contra el arnés, contra mi carne. Haré que mi dueña olvide quién ha sido. Historiadora famosa, aprendiz de monja, niña vejada. La haré sudar su vergüenza hasta que brame sin palabras desde el otro lado de su miedo, desde el otro lado de su soledad. Me hundiré dentro de ella hasta que gritemos juntos. Hasta que olvidemos juntos quiénes hemos sido. Abandonarse es, a veces, la única manera de comenzar.

Nota de la autora

Fe en disfraz es muchas cosas, pero, también, es una novela acerca de la memoria, de la herida que es recordar. Está montada sobre documentos falsos, falsificados, reescritos con retazos de declaraciones de esclavos que recogí de múltiples fuentes primarias y secundarias; que recombiné, traduje o que, francamente, inventé.

Entre las fuentes consultadas, me alimenté de la investigación *Mujeres esclavas en la Costa Rica del siglo XVIII: estrategias frente a la esclavitud*, de la doctora María de los Ángeles Acuña. También consulté las narrativas de los esclavos Elidah Equiano, Juan Manzano, Frederick Douglas, Harriet Jackobs, Soujurner Truth, Mary Price, Nat Turner, así como los textos de *Esclavos rebeldes*, del doctor Guillermo Baralt; *Puerto Rico Negro*, del doctor Jalil Sued Badillo; *Cimarrón*, de Miguel Barnet y *The Southern Oral History Program Collection*.

Agradecimientos

El arte nunca crece solo y, menos, cuando se trata del arte de escribir una novela. Se necesita infraestructura para pensar y reflexionar sobre lo leído. Se necesitan, también, ojos que, desde afuera, ayuden a mirar el texto propio con distancia. Tengo la suerte de contar con esos ojos y con esa infraestructura.

Agradezco a la Universidad de Puerto Rico su apoyo constante a mi labor creativa.

También quiero agradecer las lecturas de múltiples amigos que me ayudaron a completar la empresa de recordar una herida, de intentar apalabrar una porción pequeñísima de la sensibilidad que se formó a base de la experiencia de la esclavitud en América. Agradezco infinitamente los comentarios de Odette Casamayor, Guillermo Irrizarry, Tom Colchie y Antonia Kerrigan, amigos profesores y lectores profesionales, que me ayudaron a ver los silencios que todavía quedaban por explorar. A Ricardo Chávez, Edmundo Paz-Soldán, Fernando Iwasaki Cauti y a Laura Retrepo, amigos escritores, por los comentarios de oficio, mil gracias. A Mario Santana Ortiz, adorado, por su amoroso látigo sobre cada una de mis versiones de la novela. A mis comadres de siempre, Aurora Lauzardo y Melanie Pérez-Ortiz por soportarme días, meses, semanas, años de obsesión monotemática y de páginas imperfectas.